かなしきデブ猫ちゃん

早見和真 文
かのうかりん 絵

集英社文庫

もくじ

本文デザイン＝成見 紀子

この作品は二〇一九年三月、愛媛新聞社より刊行されました。

初出

「愛媛新聞」二〇一八年四月七日〜十一月十七日（毎週土曜日付）

かなしきデブ猫《ねこ》ちゃん

文《ぶん》・早見《はやみ》 和真《かずまさ》
絵《え》・かのう かりん

【第《だい》1部《ぶ》】

窓《まど》の向《む》こう

吾輩《わがはい》も〝ネコ〟である。

名前《なまえ》なんか、知《し》らない。

もちろん、どこで生《う》まれたかなんて見当《けんとう》もつかない。それが〈捨《す》てネコカフェ〉でニャーニャー泣《な》いていた。それがオレの最初《さいしょ》の記憶《きおく》。

そこにはいいネコも、悪《わる》いネコもたくさんいた。だから、悲《かな》しいなんて感《かん》じたことはなかったけれど、オレはいつもイライラしていた。〝人間《にんげん》〟という生《い》き物《もの》が、その〈捨《す》てネコカフェ〉に来《き》たからだ。

メガネをかけた学生《がくせい》に、女《おんな》の子《こ》の友《とも》だち同士《どうし》、手《て》の冷《つめ》たいおばさんと、太《ふと》ったおじさん……。

「さぁて、どの子《こ》にしようかなあ？」

そんなことをつぶやきながら、人間《にんげん》たちは何十分《なんじっぷん》も、何時間《なんじかん》だって、オレたちをじろじろ見《み》た。

一緒《いっしょ》に寝《ね》ていたネコは、優《やさ》しそうなお姉《ねえ》さんに引《ひ》き取《と》られた。いつも遊《あそ》んでいたネコは、売《う》れない小説家《しょうせつか》に連《つ》れていかれた。

選《えら》ばれたネコも、ずいぶんほこらしそうだった。それをうらやましがる仲間《なかま》もいたけど、オレはあこがれたりしなかった。

人間《にんげん》なんて、信用《しんよう》できない。どこに連《つ》れていかれるかわかったもんじゃない。白《しろ》いライトがまぶしい〈捨《す》てネコカフェ〉だけが、自分《じぶん》の生《い》きる世界《せかい》だと信《しん》じていた。

アンナが店《みせ》にやって来《き》たのは、そんなときだった。

クマのぬいぐるみを抱《かか》え、ふてくされたようなアンナを見《み》て、オレはすぐにピンときた。この子《こ》は、オレとそっくりだ――！

アンナも同《おな》じだったに違《ちが》いない。ママとパパに背中《せなか》をたたかれ、しぶしぶ顔《かお》を上《あ》げたアンナの目《め》が、みるみる大《おお》きくなっていく。

そして、アンナはオレを指《ゆび》さしてこうさけんだ。

「アンナ、あのチビネコちゃんがいい！」

オレも思《おも》わずさけんでいた。

「ニャー―――ン！」

運命《うんめい》の出会《であ》いだった。アンナはオレを抱《だ》きしめると、ほおずりしながら何度《なんど》も言《い》った。

「アンナ、この子《こ》がいい！　絶対《ぜったい》チビネコちゃんがいい！」

オレも負《ま》けじと大声《おおごえ》を上《あ》げた。

「ニャーニャーニャー！」

ママはオレの頭《あたま》を優《やさ》しくなでた。

「このチビちゃんをもらったら、アンナの内気《うちき》な性格《せいかく》も治《なお》るかしら」

「治《なお》るよ！」

「ニャー！」

パパは不思議《ふしぎ》そうな顔《かお》をした。

「おいおい、他《ほか》にもカワイイのはたくさんいるぞ」

「シャーーーー！」

アンナが代《か》わりに怒《おこ》ってくれた。

「いないよ！　チビネコちゃんが一番《いちばん》カワイイもん！　もう名前《なまえ》も決《き》めた！」

「名前《なまえ》？　なあに？」

「マル！　この子《こ》、目《め》がまん丸《まる》でしょう？　だから、マル！」

数日後《すうじつご》、オレは晴《は》れて家族《かぞく》に引《ひ》き取《と》られた。

新《あたら》しい家《いえ》は、それまでいた〈捨《す》てネコカフェ〉とは全《ぜん》然違《ちが》った。広《ひろ》いリビングには、優《やさ》しい光《ひかり》があふれている。ぴかぴかの窓《まど》からは、大《おお》きな庭《にわ》が見渡《みわた》せた。

オレはその景色《けしき》が大好《だいす》きだった。暖《あたた》かい太陽《たいよう》と、柔《やわ》らかい風《かぜ》。学校《がっこう》が休《やす》みのときなんかは、アンナのひざの上《うえ》に乗《の》って、二人《ふたり》で何時間《なんじかん》でも過《す》ごした。

「いい？　マル。あの木《き》は春《はる》になると、キレイな花《はな》をさかせるよ。ピンクがあざやかな桜《さくら》の花《はな》。春《はる》になったら一《いっ》緒《しょ》に見《み》ようね」

アンナはオレの背中《せなか》を優《やさ》しくなでた。オレも目《め》を細《ほそ》くして「ニャーニャーニャー」と甘《あま》えてみせた。

この家族《かぞく》にむかえられて、オレはホントに幸《しあわ》せだった。

オレがひざに乗《の》っかるのは、アンナだけと決《き》まっている。

ママは優《やさ》しいけれど、無理《むり》やりお風呂《ふろ》に入《い》れたり、つめをパチパチ切《き》ったりする。

パパは力《ちから》の加減《かげん》というものがわかっていない。お酒《さけ》をのんだときなんてひどいものだ。一度《いちど》、あまりのしつこさにカッとなって、腕《うで》を引《ひ》っかいてやったことがある。

パパとママは「マルは可愛《かわい》げがない」とよくなげく。

そういうときオレは〈捨《す》てネコカフェ〉でのことを思《おも》い出《だ》す。

オレは人間《にんげん》にすり寄《よ》るネコが大《だい》キライだった。ぶりっ子《こ》で、甘《あま》え上手《じょうず》。それがヤツらの作戦《さくせん》とも知《し》らず、人間《にんげん》たちは目尻《めじり》を下《さ》げる。

そんな場面《ばめん》を目《め》にすると、オレはプイッとそっぽを向《む》いた。ガラスに映《うつ》る自分《じぶん》はあいつらに負《ま》けていない。むしろ、顔《かお》だけならずっとイケてるはずなのに！

そんな「可愛《かわい》げのない」オレを、アンナは一目《ひとめ》で選《えら》んでくれた。

「マルはクールなところがイケてるの！」

いつかの夜《よる》、アンナはベッドでオレを抱《だ》きながら、ごにょごにょ寝言《ねごと》を言《い》っていた。

「ずっと一緒《いっしょ》だよ、マル。絶対《ぜったい》どこにも行《い》かないで」

オレたちは最高《さいこう》のパートナーだ。オレは目《め》をつぶりながら、アンナに体《からだ》をすりつけた。

ニャン♪

この家《いえ》に来《き》て、一番《いちばん》ビックリしたのは〝ご飯《はん》〟のおいしさだ。〈捨《す》てネコカフェ〉の味《あじ》気《け》ないエサに比《くら》べて、魚《さかな》の切《き》り身《み》の入《はい》ったこの家《いえ》のご飯《はん》のなんとおいしいことだろう。

ママに与《あた》えられるまま、オレはご飯《はん》をほおばった。おかわりをもらうためなら、ぶりっ子《こ》もいくらだってしてみせた。

ママの目《め》をじっと見《み》つめて、くーん、くーん。そんな鳴《な》き声《ごえ》を上《あ》げるだけで、オレは好《す》きなだけおかわりにありつけた。

食《た》べて、食《た》べて、ゴロゴロして。また食《た》べて、ゴロゴロして。

そんなふうにのんびり過《す》ごしていたある日《ひ》、オレはとんでもないことに気《き》づいてしまった。窓《まど》にでっぷりと太《ふと》ったネコの姿《すがた》が映《うつ》っている！

「あれー？　マルってこんなにデブだったたっけ？」

パパがそう言《い》った数日後《すうじつご》、オレは突然《とつぜん》ご飯《はん》

を変《か》えられた。〝ダイエットフード〟というものらしいが、こいつがとにかくひどかった。

味《あじ》もなければ、香《かお》りもない。パサパサ感《かん》は〈捨《す》てネコカフェ〉のエサ以上《いじょう》で、食《た》べていると悲《かな》しくなる。

そんなオレの気持《きも》ちに、アンナだけが気《き》づいてくれた。

アンナはごくごくたまーにママの目《め》をぬすんでは、オレにおいしいご飯《はん》を与《あた》えてくれた。

「マル、二人《ふたり》だけのヒミツだよ。絶対誰《ぜったいだれ》にも言《い》っちゃダメだよ」

なぜかアンナは泣《な》いていた。夢中《むちゅう》でご飯《はん》をほおばるオレに、アンナは続《つづ》けてこう言《い》った。

「でも、食《た》べすぎちゃダメだからね。絶対《ぜったい》に病気《びょうき》はしないでね。長《なが》生《い》きしてね、マル」

この家《いえ》に来《き》て、はじめての春《はる》が来《き》た。アンナと心待《こころま》ちにしていた、ピンクのキレイな桜《さくら》の季節《きせつ》。

いよいよ明日《あした》にも最初《さいしょ》の花《はな》がさくだろうという夜《よる》、オレはあまりにも楽《たの》しみで、アンナのベッドではなく、窓辺《まどべ》で庭《にわ》を見《み》つめながら寝《ね》てしまった。

そして、オレは夢《ゆめ》を見《み》た。いつもより色合《いろあ》いのハッキリした、妙《みょう》に現実味《げんじつみ》のある夢《ゆめ》だった。

夢《ゆめ》の中《なか》で、オレは知《し》らない水辺《みずべ》に立《た》っていた。

りりしく、勇《いさ》ましく、ほこらしく、気高《けだか》く――。

キラキラ光《ひか》る小《ちい》さな何《なに》かが飛《と》んでいて、水面《みなも》にキレイに反射《はんしゃ》している。

冷《つめ》たい風《かぜ》に吹《ふ》かれるオレのとなりには、真《ま》っ黒《くろ》なメスネコが寄《よ》りそっていた。

額《ひたい》に三日月形《みかづきがた》の傷《きず》のあるその子《こ》が誰《だれ》か、オ

レは知《し》らない。

「キミは——?」

彼女《かのじょ》は何《なに》も答《こた》えない。受《う》け流《なが》すように微笑《ほほえ》むだけだ。ふと彼女《かのじょ》と目《め》が合《あ》った。

ハッとする間《ま》もなく、彼女《かのじょ》は目《め》をつむり、ゆっくりオレに顔《かお》を近《ちか》づけてきた。

さわさわと、柔《やわ》らかい風《かぜ》の吹《ふ》く音《おと》が聞《き》こえてきて、オレはボンヤリと目《め》を開《あ》けた。窓《まど》の向《む》こうに美《うつく》しい景色《けしき》が広《ひろ》がっている。青白《あおじろ》い満月《まんげつ》の明《あ》かりに照《て》らされ、この一年《いちねん》、待《ま》ちこがれていた桜《さくら》の花《はな》がさいている。

その木《き》の下《した》に、夜《よる》の闇《やみ》にまぎれるように一《いっ》ぴきのネコがいた。

はじめは夢《ゆめ》の黒《くろ》ネコかと思《おも》ったけれど、違《ちが》った。オスの茶《ちゃ》ネコが、窓《まど》ごしに、意地悪《いじわる》そうに笑《わら》っている。

「やい、家《いえ》ネコ。臆病者《おくびょうもの》！　外《そと》は広《ひろ》いぞ。外《そと》は自由《じゆう》だ！」

そんな茶《ちゃ》ネコの声《こえ》を、オレはたしかに聞《き》き取《と》った。

オレはシッポをブンブン振《ふ》った。興奮《こうふん》しすぎて、家族《かぞく》がうしろにいるのに気《き》がつかなかった。

パパが「マル、カワイイなぁ」とつぶやくと、ママも「ねぇ！　すごくカワイイ！」と、目《め》を細《ほそ》める。

二人《ふたり》は好《す》き勝手《かって》しゃべっている。

「なぁ、ひょっとしてマルってさびしいのかな。この家《いえ》にはマルしかいないから」

「たしかにね。もう一《いっ》ぴき飼《か》ってあげたらいいかもね」

二人《ふたり》はあまりにも的外《まとはず》れだ。オレはさびしくなんかない。そもそもオレは一人《ひとり》じゃない。アンナという大親友《だいしんゆう》がいるのだから。

あわててアンナを見《み》つめた。アンナもオレをじっと見《み》て、何《なに》かに気《き》づいたようにハッとした。

「ママ！　マル、さびしくなんかないって！」

「えー、急《きゅう》にどうしたの？」

「アンナにはマルの言《い》ってることわかるの。マル、アンナがいるからもう一《いっ》ぴきなんていらないって」

「そんなことないわよ。ねぇ、マル？」

「ニャン！」

「ほら」

「ニャン、ニャン！」

「でも……。そうなの？　マル、ホントに友《とも》だちほしい？」

「ニャーン」

「ホントだ……」

「ニャン、ニャン、ニャン！」

「マルだってさびしいのよ。とりあえずこの話《はなし》はまた明日《あした》。今日《きょう》は寝《ね》ましょう」

ああ、誤解《ごかい》に次《つ》ぐ誤解《ごかい》！　みんなにオレの声《こえ》は届《とど》かない！　あせりとイラ立《だ》ちが爆発《ばくはつ》しそうになったとき、オレは背中《せなか》に視線《しせん》を感《かん》じた。

振《ふ》り返《かえ》ると、さっきの茶《ちゃ》ネコがニヤニヤ笑《わら》っている。

オレは頭《あたま》に血《ち》が上《のぼ》った。気《き》づいたときには、力《ちから》の限《かぎ》りさけんでいた。

「シャー――ッ！」

オレは〝ネコ〟。名前《なまえ》なんて、なんだってかまわない。

ずっとそう思《おも》っていたはずなのに……。

我《わ》が家《や》に新《あたら》しいネコが来《き》た。手《て》のひらに乗《の》っかりそうなメスのチビネコは、何《なに》やら「血統書《けっとうしょ》」とかいうのがついているらしい。パパが親《しん》せきからもらってきた。

家《いえ》に来《き》て最初《さいしょ》の数日《すうじつ》、チビネコは慣《な》れるまでと、ケージに閉《と》じこめられていた。

不安《ふあん》だったに違《ちが》いない。家族《かぞく》が寝静《ねしず》まった夜中《よなか》になると、ミヤーミヤー鳴《な》くのがかわいそうで、オレもそばで寝《ね》てあげた。

この頃《ころ》はうまくやっていけると信《しん》じていた。でも、少《すこ》しずつ、おかしなことが起《お》き始《はじ》めた。

最初《さいしょ》の「?」はチビネコの名前《なまえ》だった。

スリジエ――。

アンナが「桜《さくら》」にちなんだものをと言《い》い出《だ》して、ママが習《なら》っているフランス語《ご》でつけたものだ。

べつに「スリジエ」が悪《わる》いとは思《おも》わない。たとえばオレが「勇者《ゆうしゃ》」を意味《いみ》する「ブレイブ」だったら、素直《すなお》に祝福《しゅくふく》しただろう。

でも、もちろんオレは「マル」である。オレが「マル」で、チビが「スリジエ」だなんて、エコヒイキがひどすぎる！

ご飯《はん》を食《た》べれば「あら、カワイイ！」、横《よこ》になったら「もう、カワイイ」、「ニャー」と鳴《な》いたら「キャー、カワイイ！」……。

家族《かぞく》の目《め》が「♥」になっているのが、しゃくにさわる。みんなスリジエの「正体《しょうたい》」をわかっていない！

そう、あのメスネコには家族《かぞく》に見《み》せない顔《かお》がある。みんなが寝静《ねしず》まると、必《かなら》ずオレにちょっかいを出《だ》してくるのだ。

それでも、はじめはこの家《いえ》の先輩《せんぱい》として、男《おとこ》として、オレは余裕《よゆう》を見《み》せていた。

ああ、それなのに……。

まぐろ

CAT
DIET
FOOD
ビタミン
C・E
ダイエットサポート

オレはスリジエがにくたらしい。二人《ふたり》のときはワガママ放題《ほうだい》なのに、家族《かぞく》の前《まえ》ではか弱《よわ》いフリ。だからいい思《おも》いもたくさんする。

「スリちゃんは早《はや》く大《おお》きくならなきゃね！」なんて言《い》われ、アイツは軟《やわ》らかいご飯《はん》にありつける。

オレがうらやましくて仕方《しかた》がないふっくらしたそのご飯《はん》を、スリジエは平気《へいき》で残《のこ》す。むなしさをおさえて、オレはそれをよくあさる。すると、ママに「マルはダメ！」としかられ、パパからは「マルはホントに食《く》いしん坊《ぼう》だなぁ」とイヤミを言《い》われる。家族《かぞく》は誰《だれ》もスリジエの性格《せいかく》の悪《わる》さに気《き》づいていない。

でも、オレはギリギリのところでガマンできた。アンナだけは変《か》わらず愛《あい》してくれたからだ。パパやママがスリジエに夢中《むちゅう》になるほど、アンナはオレをかわいがってくれた。

「マルだってカワイイもんね」と、あごの下《した》をコチョコチョ、コチョコチョ。アンナだけはオレの好《す》きなところを知《し》っている。

でも、やっぱりもう限界《げんかい》だ。スリジエはいくらなんでも度《ど》がすぎた。そして、ついにあの事件《じけん》は起《お》きたのだ。

桜《さくら》の花《はな》がさき乱《みだ》れ、ついに満開《まんかい》をむかえようとしていた。

そんな夜《よる》のことだった。

春《はる》だというのに、やけにムシムシしていた。

そのせいだろうか。いつものように首《くび》ねっこをかまれただけなのに、オレは我《われ》を忘《わす》れた。

冷静《れいせい》さを取《と》り戻《もど》したときには、オレは部屋《へや》のすみでスリジエを組《く》みふせようとしていた。

あぶない、あぶない――。心《こころ》の中《なか》でくり返《かえ》す。若《わか》い女《おんな》のワガママを、男《おとこ》はガマンするべきだ。

そんなことを思《おも》ったとき、どこからか冷《つめ》たい声《こえ》が飛《と》んできた。

「コラ！　デブ猫《ねこ》！　どうしてスリジエをいじめるの！」

呆然《ぼうぜん》と振《ふ》り返《かえ》ると、アンナが顔《かお》を真《ま》っ赤《か》にして立《た》っていた。

スリジエはか細《ぼそ》く鳴《な》いて、とぼとぼアンナにすり寄《よ》った。アンナもスリジエを抱《だ》きしめる。

アンナの悲《かな》しそうな表情《ひょうじょう》が、オレは何《なに》よりも悲《かな》しかった。

アンナは「マルは反省《はんせい》してなさい！」と言《い》って、スリジエだけを寝室《しんしつ》に連《つ》れていった。

オレはプイッと顔《かお》を背《そむ》けて、一人《ひとり》で窓辺《まどべ》に丸《まる》まった。オレは男《おとこ》だ。涙《なみだ》なんか流《なが》さない。そう自《じ》分《ぶん》に言《い》い聞《き》かせても、月《つき》に照《て》らされた庭《にわ》がなぜか今夜《こんや》はにじんで見《み》える。「デブ猫《ねこ》」という言葉《ことば》が、頭《あたま》の中《なか》でグルグルめぐる。

不思議《ふしぎ》なことが、そのとき起《お》きた。一筋《ひとすじ》の月明《つきあ》かりを全身《ぜんしん》に浴《あ》びて、庭《にわ》にネコが現《あらわ》れたのだ。

いつかのイジワルな茶《ちゃ》ネコじゃない。額《ひたい》に三日月形《みかづきがた》の傷《きず》のある黒《くろ》ネコだ。

オレはそのメスネコを知《し》っている。そう、いつか夢《ゆめ》で見《み》た。

彼女《かのじょ》はオレの前《まえ》で歩《ほ》を止《と》めて、するどい目《め》をしてこう言《い》った。

「気高《けだか》き者《もの》よ。立《た》ち上《あ》がりなさい。その目《め》で広《ひろ》い世界《せかい》を見《み》るのです」

そう言《い》い残《のこ》し、黒《くろ》ネコが突然夜《とつぜんよる》の闇《やみ》に消《き》えた瞬間《しゅんかん》、窓《まど》がカラカラと音《おと》を立《た》てて開《あ》いた。

オレは言《い》われるまま立《た》ち上《あ》がった。目《め》の前《まえ》に世界《せかい》がひらけている。体《からだ》の奥底《おくそこ》がふるえている。

窓《まど》の向《む》こうの月《つき》に向《む》けて、オレは高《たか》らかにほえていた。

「ニャーーーーン！」


（第《だい》１部《ぶ》「窓《まど》の向《む》こう」完《かん》）

【第《だい》2部《ぶ》】荒《こう》野《や》へ

オレは夜《よる》の街《まち》を一人《ひとり》で歩《ある》く。はじめての風《かぜ》のにおい。はじめての大冒険《だいぼうけん》。しばらくして、広場《ひろば》にたどり着《つ》いた。からくり時計《どけい》には〈ようこそ　道後温泉《どうごおんせん》へ〉の文字《もじ》。どこかにネコの気配《けはい》がある。

からくり時計《どけい》に目《め》を向《む》けた。針《はり》が深夜三時《しんやさんじ》を指《さ》したとき、オレは大声《おおごえ》を上《あ》げていた。はなやかな音楽《おんがく》とともに、いきなり時計台《とけいだい》が動《うご》き出《だ》す。パネルがパタパタとひっくり返《かえ》る。いたるところでネコたちが踊《おど》っている。

♪ネコは～　日暮《ひぐ》れて～　夕《ゆう》な～み　小《こ》～な～み～

いつか家《いえ》の庭《にわ》に来《き》た茶《ちゃ》ネコは赤《あか》いシャツを着《き》ていた。「でげす、でげす」とうるさいネコも、やけに正義感《せいぎかん》の強《つよ》そうなネコもいる。

時計台《とけいだい》の屋根《やね》に飛《と》び乗《の》って、一《いっ》ぴきのネコがオレを見下《みお》ろした。

「吾輩《わがはい》はネコであーる！　ネコであーる！」

地《ち》をはうような大声《おおごえ》に、オレはこしを抜《ぬ》かした。年老《としお》いたメスネコが弱《よわ》った顔《かお》をして寄《よ》ってくる。

「私《わたし》の名前《なまえ》は〝キヨ〟ですよ。時計《とけい》のてっぺんにいるのは〝坊《ぼ》っちゃん〟です」

「ぼ、坊《ぼ》っちゃん？」

「そうです。ここのネコのリーダーです。あの意地悪《いじわる》そうなのが〝赤《あか》シャツ〟で、あっちが〝野《の》だいこ〟。で、あれが〝山嵐《やまあらし》〟、そして〝うらなり〟……」と、のんきに一《いっ》ぴきずつ紹介《しょうかい》して、キヨは「それであなたは？」と尋《たず》ねてくる。

「オ、オレ？　オレはマル」

赤《あか》シャツが怒《おこ》った顔《かお》をして飛《と》んできた。

「ウソをつくな！ お前《まえ》はデブ猫《ねこ》だ！ 坊《ぼ》っちゃん、こいつが例《れい》の家《いえ》ネコだよ！ 温《あたた》かい家《いえ》で、おいしいエサを食《た》べてるヤツだ！」

他《ほか》のネコたちも殺気立《さっきだ》った。坊《ぼ》っちゃんの顔色《かおいろ》は変《か》わらない。

「その幸《しあわ》せな家《いえ》ネコが俺《おれ》たちになんの用《よう》だ？」

「幸《しあわ》せ」という言葉《ことば》の意味《いみ》をかみしめる。アンナの顔《かお》がちらついた。オレはそれを打《う》ち消《け》した。

「オレは幸《しあわ》せなんかじゃない！ あの家《いえ》で悲《かな》しい思《おも》いをしたんだ！ ここに来《き》たのは黒《くろ》いメスネコに呼《よ》ばれたからだ！」

「黒《くろ》ネコ？」

「そうだ！ 額《ひたい》に三日月形《みかづきがた》の傷《きず》のある——」

オレがそうさけんだとき、ネコたちがしんと静《しず》まり返《かえ》った。

坊《ぼ》っちゃんが目《め》をつり上《あ》げる。

「額《ひたい》の傷《きず》って、まさか〝マドンナ〟のことか？」

どこからともなくそんな声《こえ》が聞《き》こえてきた。

「お前《まえ》、ウソだったら許《ゆる》さないぞ」

時計台《とけいだい》から降《お》りてきた坊《ぼ》っちゃんがすごんでくる。怒《おこ》った表情《ひょうじょう》の意味《いみ》がわからないまま、オレも負《ま》けないぞと胸《むね》を張《は》る。

「ウソなもんか！　家《いえ》の庭《にわ》にやって来《き》たんだ。オレのことを〝気高《けだか》き者《もの》〟って呼《よ》んで、広《ひろ》い世界《せかい》を見《み》ろって言《い》ったんだ！」

赤《あか》シャツがケタケタ笑《わら》った。

「気高《けだか》き者《もの》？　そんな太《ふと》ったお前《まえ》がか？」

頭《あたま》にきて飛《と》びかかったオレを、赤《あか》シャツはひらりとかわす。

「家《いえ》ネコなんかにつかまるか！」

「赤《あか》シャツ、やめろ！」と、坊《ぼ》っちゃんが間《あいだ》に入《はい》ったが、オレの味方《みかた》というわけではなさそうだ。

「本当《ほんとう》にマドンナだったのか？」

「マドンナかは知《し》らないけど、額《ひたい》に傷《きず》は絶対《ぜったい》あった！」

他《ほか》のネコたちがブーブー言《い》う。見《み》かねてキヨが教《おし》えてくれた。

「マドンナは、ここのネコたちのあこがれでした。でも、もう道後《どうご》にはいないんです。悪《わる》い人間《にんげん》にいたずらされて、額《ひたい》に傷《きず》を作《つく》られて。それで、あの子《こ》はショックを受《う》けて」

「やい！　もういいだろ。人間《にんげん》なんかに飼《か》われてたから、こいつもウソつきなんだ！」

さけんだ赤《あか》シャツを、坊《ぼ》っちゃんが手《て》で止《と》める。

「お前《まえ》の言《い》うことが本当《ほんとう》なら、マドンナをここに連《つ》れてこい」

「え？」

「マドンナを連《つ》れ戻《もど》したら、お前《まえ》のことを信《しん》じてやる」

「連《つ》れ戻《もど》すって……。でも、どこに？」

「マドンナは東《ひがし》へ向《む》かったと聞《き》いてます」と、キヨが答《こた》えた。

オレは途方《とほう》に暮《く》れる。オレには東《ひがし》も西《にし》もわからない。街《まち》の広《ひろ》さも、世界《せかい》の大《おお》きさも知《し》らないのだ。

ネコたちに連《つ》れられ、古《ふる》い建物《たてもの》の前《まえ》に移動《いどう》した。そこで坊《ぼ》っちゃんが指笛《ゆびぶえ》を鳴《な》らすと、屋根《やね》から白《しろ》い鳥《とり》が降《お》りてきた。

キヨがこくりとうなずいた。

「この子《こ》は〝カタマ〟。大昔《おおむかし》、ここの温泉《おんせん》を見《み》つけた白《しら》サギです。普段《ふだん》は道後温泉《どうごおんせん》の屋根《やね》の上《うえ》で固《かた》まってるからカタマです」

「カタマ、マルを東《ひがし》へ連《つ》れていけ」と坊《ぼ》っちゃんが命《めい》じると、カタマは「ケケクァー」と鳴《な》いた。

みんながオレを見《み》つめている。今度《こんど》はすがるような目《め》で。

「たのみますよ、マル」というキヨの声《こえ》に背中《せなか》をおされて、オレはふるえる足《あし》をつねった。

カタマが羽《はね》をバサッと広《ひろ》げる。

「行《い》け、マル！　気高《けだか》き者《もの》と証明《しょうめい》しろ！」

オレはカタマにまたがって、空高《そらたか》く舞《ま》った。

目《め》の高《たか》さで、月《つき》がにじの輪《わ》っかを作《つく》っている。

バッサバッサと、聞《き》こえてくるのはカタマの羽《はね》の音《おと》だけだ。

目《め》の下《した》には街《まち》の灯《あか》りがうっすらまたたき、月《つき》に照《て》らされた夜《よる》の山《やま》が優《やさ》しい風《かぜ》にゆれている。

山《やま》のりょう線《せん》が少《すこ》しずつ明《あか》るくなってきた。アンナはそろそろ起《お》きる時間《じかん》だ。オレがいないことに気《き》づいたら、あの子《こ》は何《なに》を思《おも》うだろう？

黒《くろ》いメスネコが庭《にわ》に現《あらわ》れ、ちょっと家《いえ》を出《で》ただけだった。それだけで、オレはいろいろなことに気《き》がついた。

赤《あか》シャツの言《い》う通《とお》り、どうやらオレは生《なま》ぬるい環境《かんきょう》で、すっかり甘《あま》やかされていたようだ。広場《ひろば》にいたネコたちの、なんとりりしかったことだろう。

よっぽどつかれていたらしい。カタマにし

がみつきながら、オレはいつの間《ま》にか寝《ね》てしまった。

「お兄《にい》さん！　ちょっと、太《ふと》ったお兄《にい》さん！　大丈夫《だいじょうぶ》？」

目《め》を覚《さ》ましたとき、オレは芝生《しばふ》の上《うえ》にいた。知《し》らないチビネコが心配《しんぱい》そうに見《み》つめている。

「こ、ここは？」

「四国中央市《しこくちゅうおうし》の〈三島公園《みしまこうえん》〉だよ」

「三島公園《みしまこうえん》？」と答《こた》えながら、オレはあることが気《き》になった。

「な、なんのにおい？」

チビネコはケラケラ笑《わら》う。

「ただの紙《かみ》のにおい。大丈夫《だいじょうぶ》、すぐ慣《な》れるよ。ねぇ、そんなことよりついてきて！」

走《はし》り出《だ》したチビネコを、オレはとぼとぼ追《お》いかける。ピンクに彩《いろど》られた公園《こうえん》だった。たくさんの桜《さくら》の木々《きぎ》が柔《やわ》らかい風《かぜ》にゆれている。

チビネコは手《て》すりにぴょんと乗《の》った。続《つづ》いたオレの視界《しかい》に、ビックリする光景《こうけい》が飛《と》びこんできた。

「わー、海《うみ》だ！」

オレは思《おも》わずさけんでいた。アンナの読《よ》んでいた絵本《えほん》の中《なか》に、その絵《え》があったのを覚《おぼ》えている。

チビネコが目《め》を輝《かがや》かせた。

「ねぇ、君《きみ》はどこから来《き》たの？」

「たぶん、道後《どうご》っていうところ」

「道後《どうご》？　あ、マドンナ姉《ねえ》さんのふるさとか」

「君《きみ》、マドンナを知《し》ってるの？」

「しばらくここにいたからね。だけど、いまはもういないよ。『ここは素晴《すば》らしいところだけど、私《わたし》はもっと広《ひろ》い世界《せかい》を見《み》たいんだ』って」

「広《ひろ》い世界《せかい》？」

「うん。意味《いみ》がわからないよね」

チビネコはオレの返事《へんじ》を待《ま》たずに続《つづ》ける。

「だってそうだろう？　ここはホントにいいとこなんだ。楽《たの》しく生《い》きていられるよ。君《きみ》もそうしたらいい。チビとデブのコンビで仲良《なかよ》くやろうぜ」

チビネコの言《い》い方《かた》がおかしくて、オレも笑《わら》ってしまった。山《やま》の緑《みどり》と、海《うみ》の青《あお》がとてもキレイだ。あれが紙《かみ》の工場《こうじょう》なのだろう。何本《なんぼん》ものエントツから、白《しろ》いけむりが上《あ》がっている。

たしかにここでなら楽《たの》しくやれそうだ。昨日《きのう》までのオレならうなずいていたかもしれない。でも……。

「ありがとう。だけど、オレも行《い》かなくちゃ」

「なぜ？　姉《ねえ》さんを捜《さが》すの？」

「それもあるけど、オレも見《み》てみたくなったから」

「何《なに》を？」

「広《ひろ》い世界《せかい》。オレも自分《じぶん》の目《め》で見《み》てみたい」

チビネコは呆《あき》れた顔《かお》をした。

「ほら、君《きみ》はもう紙《かみ》のにおいを忘《わす》れてる。すぐに慣《な》れるものなんだ。君《きみ》たちはバカだよ。広《ひろ》い世界《せかい》なんて知《し》らなくたって、ここでの生活《せいかつ》にあっという間《ま》に慣《な》れるのに」

チビネコはオレに優《やさ》しかった。

「次《つぎ》はどこへ行《い》くつもりだい?」

「さあ。オレはどんな街があるかも知らないから」

「なら、今治《いまばり》に行《い》くといい。ふかふかのタオルで有名《ゆうめい》な街《まち》。マドンナ姉《ねえ》さんも西《にし》に向《む》かったから。あの軽《けい》トラックのオジサンはいい人《ひと》だよ。きっと君《きみ》の力《ちから》になってくれる」

オレは言《い》われるまま、動《うご》き始《はじ》めたトラックの窓《まど》に飛《と》びこんだ。

「がんばれよー、デブ猫《ねこ》くん。いつかまた会《あ》おうなー！」

手《て》を振《ふ》ってくれたチビネコに見送《みおく》られ、ガタゴトガタゴト。トラックのゆれが心地《ここち》よくて、オレはまたウトウトしてしまう。

どれくらい時間《じかん》が過《す》ぎただろう。「うわっ！　ビックリした！」という声《こえ》におどろいて、オレはあわてて飛《と》び起《お》きた。

ハンドルをにぎりながら、オジサンはシートのオレをちらちら見《み》てくる。

「おい、デブ猫《ねこ》。お前《まえ》いつからそこにいた？」

オレはこわくてガタガタふるえた。そんなオレを見《み》て、オジサンは「ガハハハ」と声《こえ》を上《あ》げた。

「どうした？　腹《はら》でも減《へ》ったか？」

「ニャン？」

「なんか食《く》うか？」

「ニャンニャンニャン！」

「ワハハハハ。せんべいくらいしかないけどな」

「ニャ―――ン！」

久《ひさ》しぶりの食事《しょくじ》に、オレは我《われ》を忘《わす》れて食《く》いついた。本当《ほんとう》にいい人《ひと》だ。オレの命《いのち》の恩人《おんじん》だ。

「おお、キレイだ。デブ猫《ねこ》、見《み》てみろ。俺《おれ》の大好《だいす》きな景色《けしき》が見《み》えてきたぞ」

見上《みあ》げたオジサンの顔《かお》がオレンジ色《いろ》に染《そ》まっている。オレはボンヤリと前《まえ》を見《み》て、うわぁ！と心《こころ》の中《なか》でさけんでいた。

道路《どうろ》の先《さき》の山《やま》の向《む》こうに、太陽《たいよう》が沈《しず》もうとしている。目《め》に映《うつ》るすべてのものが光《ひかり》と影《かげ》のコントラストをなしている。

「どうだ？　キレイだろう？　昔《むかし》の東予市《とうよし》というところだ。こういう景色《けしき》を見《み》ちまうとさ、結局《けっきょく》この国《くに》は農業《のうぎょう》が支《ささ》えてるって思《おも》うんだよな。田園風景《でんえんふうけい》に〈石鎚山《いしづちさん》〉。ネコにこの風《ふ》情《ぜい》は理解《りかい》できないだろうけど、いいだろう？」

ネコであるオレに「風情《ふぜい》」はたしかにわからなかったが、この景色《けしき》はきっと忘《わす》れない。

オレは瞬《まばた》きもしなかった。

「着《つ》いたぞ、デブ猫《ねこ》。今治《いまばり》だ。いい旅《たび》をしろよ」

オジサンにトラックを降《お》ろされたときには、太陽《たいよう》は沈《しず》んでいた。旅《たび》に出《で》てから二度目《にどめ》の夜《よる》。三島公園《みしまこうえん》ではあんなに遠《とお》くに見《み》えていた海《うみ》が、いまは目《め》の前《まえ》にある。

堤防《ていぼう》の上《うえ》に乗《の》って、オレは力《ちから》なく歩《ある》いた。エサなんて見《み》つからない。オレは空腹《くうふく》にもだえながらあてもなく歩《ある》いた。

ある角《かど》を曲《ま》がると、大《おお》きな橋《はし》が現《あらわ》れた。あれを渡《わた》っちゃいけないのはなんとなくわかった。あれを渡《わた》ってしまったら、二度《にど》とアンナと会《あ》えなくなる気《き》がした。

「くーん」という声《こえ》が勝手《かって》にもれる。アンナは心配《しんぱい》してくれているのだろうか？　家族《かぞく》はまだオレのことを覚《おぼ》えているだろうか？

橋《はし》の灯《あか》りに照《て》らされて、魚《さかな》が泳《およ》いでいるのが見《み》えた。何《なに》かを思《おも》うより先《さき》に、オレは海《うみ》に飛《と》びこんだ。夢中《むちゅう》で魚《さかな》をつかまえようとして、簡単《かんたん》に逃《に》げられてしまった。

「家《いえ》ネコなんかにつかまるか！」という赤《あか》シャツの声《こえ》がよみがえる。オレはしょんぼり陸《りく》に上《あ》がると、再《ふたた》び堤防《ていぼう》の上《うえ》を歩《ある》きながら、えーん、えーん。ついに大《おお》きな声《こえ》で泣《な》いてしまった。

アンナには絶対《ぜったい》に見《み》せられない姿《すがた》だ。オレは男《おとこ》だ！ 泣《な》いちゃダメだ！ そう思《おも》えば思《おも》うほど、涙《なみだ》がポロポロこぼれてしまう。

結局《けっきょく》、オレは橋《はし》のたもとまで来《き》てしまった。お腹《なか》が減《へ》った。びしょぬれの体《からだ》に、春《はる》の夜風《よかぜ》がしみる。

次第《しだい》に意識《いしき》がもうろうとしてきた。なんとか風《かぜ》をさけられる場所《ばしょ》を探《さが》して、四角《しかく》いカゴを見《み》つけた。

ああ、お腹《なか》が減《へ》った……と心《こころ》の底《そこ》から思《おも》ったのが、オレのこの日《ひ》の最後《さいご》の記憶《きおく》だ。

目《め》を覚《さ》ましたとき、オレは真《ま》っ暗《くら》なカゴの中《なか》にいた。

頭《あたま》の上《うえ》に布《ぬの》がある。おずおずと顔《かお》を出《だ》すと、目《め》の前《まえ》の景色《けしき》がびゅんびゅん過《す》ぎた。オレは長《なが》い坂道《さかみち》を、とんでもないスピードで下《くだ》っていた。

ニャ……、ニャ……、

「ニャーーーン！」

オレは再《ふたた》びカゴに隠《かく》れて、体《からだ》を丸《まる》くしてブルブルふるえた。

かん高《だか》いブレーキの音《おと》が聞《き》こえてきて、頭《あたま》の布《ぬの》がはぎ取《と》られる。次《つぎ》の瞬間《しゅんかん》、男《おとこ》の子《こ》の「え、なんで？」という声《こえ》が聞《き》こえてきた。

「パパ！　なんかネコがいる！」

「えー、ネコ？」

「うん！　カゴの中《なか》にデブ猫《ねこ》だ！」

男《おとこ》の子《こ》と目《め》が合《あ》った。どこかで見《み》たことのある顔《かお》だ。男《おとこ》の子《こ》も同《おな》じことを感《かん》じたらしい。

「あれ、このネコ知《し》ってるよ。アンナの家《いえ》のデブ猫《ねこ》だ」

「そんなバカな。なんで道後《どうご》のネコが〈しまなみ海道《かいどう》〉にいるんだよ」

「ホントだって！　この鼻《はな》のホクロは間違《まちが》いない。デブ猫《ねこ》のマルだ！」

たしか「コウちゃん」という男《おとこ》の子《こ》だ。アンナの幼《おさな》なじみで、何度《なんど》か家《いえ》に遊《あそ》びに来《き》た。コウちゃんはオレの頭《あたま》をなでてくれた。

「マル、おとなしくしててね。家《いえ》に連《つ》れてってあげるから」

自転車《じてんしゃ》がUターンしたとき、オレはようやく自分《じぶん》が橋《はし》の上《うえ》にいるのだと知《し》った。昨日《きのう》、渡《わた》っちやいけないと思《おも》ったあの橋《はし》だ。

一時間《いちじかん》ほどで到着《とうちゃく》した港《みなと》で、お父《とう》さんとお母《かあ》さんが難《むずか》しい顔《かお》をして話《はな》し始《はじ》めた。

その間《あいだ》もコウちゃんがオレに語《かた》りかけてくれた。

「不思議《ふしぎ》だなぁ。サイクリングに来《き》たら、マルがいるんだもん」

「どうしてレンタル自転車《じてんしゃ》のカゴにマルがいるの？」

「ひょっとして家出《いえで》した？」

「なんで？　アンナはマルのことが大好《だいす》きだったでしょ？」

「マルはアンナが嫌《きら》いなの？」

オレは首《くび》を横《よこ》に振《ふ》った。アンナにいますぐ会《あ》いたかった。

でも、オレはコウちゃんの腕《うで》を振《ふ》りほどいた。お母《かあ》さんが、たぶんアンナのママと電話《でんわ》しているのが見《み》えたからだ。

コウちゃんが追《お》ってきたが、振《ふ》り向《む》かない。オレはまだマドンナを見《み》つけてないし、広《ひろ》い世界《せかい》を見《み》ていない。帰《かえ》るなら強《つよ》くなって帰《かえ》りたい！

オレはコウちゃんから必死《ひっし》に逃《に》げた。そして無我夢中《むがむちゅう》で飛《と》び乗《の》ったのは、ちょうど港《みなと》を出《で》ようとしていた小《ちい》さな漁船《ぎょせん》だった。

船《ふね》を操縦《そうじゅう》するのは、気《き》の良《よ》さそうなおじいちゃんだった。「ネコが来《き》たわい」とオレにおどろくこともなく、当然《とうぜん》のように魚《さかな》をくれた。

おじいちゃんは、オレの心《こころ》が読《よ》めるようだ。

ああ、おいしい……と、魚《さかな》にむしゃぶりついていると、「瀬戸内海《せとないかい》の魚《さかな》は最高《さいこう》じゃろう？」。

この船《ふね》はどこに行《い》くのかという疑問《ぎもん》を抱《いだ》けば、「心配《しんぱい》せんでええ。同《おな》じ愛媛《えひめ》よ。だいぶ南《みなみ》に下《くだ》るけどな」。

工場群《こうじょうぐん》を見渡《みわた》しながら、船《ふね》は波《なみ》のない海《うみ》の上《うえ》を行《い》く。空港《くうこう》から飛行機《ひこうき》が飛《と》び立《た》って、少《すこ》しずつ陸《りく》に緑《みどり》が増《ふ》えていく。

ハンドルをにぎりながら、おじいちゃんがポツリと言《い》った。

「やっと〈佐田岬《さだみさき》〉が見《み》えてきたぞ。ワシの故郷《こきょう》じゃ。言葉《ことば》は荒《あら》いけど、優《やさ》しい人《ひと》ばっかりよ。魚《さかな》もうまい」

空《そら》は赤《あか》く染《そ》まっている。山《やま》の木々《きぎ》は色《いろ》あざやかで、オレは身動《みうご》きもせずに見《み》ほれていた。どれくらいの間《あいだ》、そうしていただろう。突然《とつぜん》あるものが目《め》に飛《と》びこんできた。オレは「ニャッ？」と声《こえ》を上《あ》げた。それまでの美《うつく》しい緑《みどり》とはなじまない、巨大《きょだい》な建物《たてもの》が山《やま》あいに現《あらわ》れた。

「ネコであるお前《まえ》さんが知《し》る必要《ひつよう》はないけんど、あれをめぐって、人間《にんげん》はもう何年《なんねん》もモメとるんよ」

おじいちゃんの口調《くちょう》は、なぜかひどくさびしそうだ。

「あれが正《ただ》しいもんなんか、ワシはわからんけどな。わからんけん、考《かんが》え続《つづ》けんといかんと思《おも》うんよ。見《み》て見《み》ぬフリするんが一番《いちばん》の悪《あく》。そうじゃろ？　デブ猫《ねこ》よ」

オレは目《め》を建物《たてもの》に戻《もど》した。夕日《ゆうひ》に赤《あか》く染《そ》められた建物《たてもの》までもの悲《がな》しく見《み》えて、不思議《ふしぎ》だった。船《ふね》はポッポッと走《はし》り続《つづ》けた。やっと目的地《もくてきち》に着《つ》いたときには、夜《よる》はすっかりふけていた。

「それじゃあのう、デブ猫《ねこ》。お前《まえ》の声《こえ》は聞《き》いてやれんけど、考《かんが》えとることは目《め》を見《み》たらわかる。成長《せいちょう》したいんじゃろ？　旅《たび》は手《て》っ取《と》り早《ばや》いその手段《しゅだん》じゃ。迷《まよ》わず進《すす》め」

おじいちゃんは本当《ほんとう》にオレの考《かんが》えがわかるらしい。

「ここは愛南町《あいなんちょう》。ワシは日本《にほん》で一番海《いちばんうみ》のキレイな街《まち》じゃと思《おも》うとる。ええ旅《たび》をせえよ。成長《せいちょう》するには旅《たび》。そして恋《こい》じゃ。お前《まえ》の捜《さが》しとるメスネコと会《あ》えることを祈《いの》っとるぞ」

夜《よ》が明《あ》けたとき、オレは目《め》を大《おお》きく開《ひら》いた。寝起《ねお》きのノビをするのも忘《わす》れ、「日本《にほん》で一番《いちばん》キレイ」というおじいちゃんの言葉《ことば》を思《おも》い出《だ》す。本当《ほんとう》に海《うみ》がすんでいる。あまりにすき通《とお》っていて、水《みず》と空気《くうき》の境目《さかいめ》がわからない。小魚《こざかな》が群《む》れで泳《およ》いでいて、それには南国《なんごく》らしいカラフルなのも交《ま》ざっている。

ずっと海《うみ》を見《み》ていられた。ふっと我《われ》に返《かえ》ったのは、背後《はいご》に仲間《なかま》の気配《けはい》がしたからだ。

そこにいたのは〈捨《す》てネコカフェ〉でいつも一緒《いっしょ》にいた、オスのサバトラネコだった。呆気《あっけ》にとられたオレに、サバトラはニヤリと微笑《ほほえ》んだ。

「おい、ネコ！　どうしてこんなところにいるんだよ！」と、サバトラが尋《たず》ねてくる。

お互《たが》いに「ネコ」と呼《よ》び合《あ》っていたのを思《おも》い出《だ》し、オレは「ふふん」と胸《むね》を張《は》った。

「オレはいまマルっていう名前《なまえ》なんだよな。お前《まえ》は？」

サバトラはオレより先《さき》に小説家《しょうせつか》にもらわれていった。暗《くら》くて、いん険《けん》そうで、オレは苦手《にがて》なタイプだった。

「俺《おれ》？　俺《おれ》は〝ヘミングウェイ〟っていう名前《なまえ》だ」

それを聞《き》いて、オレは少《すこ》しムッとする。「ヘミングウェイ」が「マル」より立派《りっぱ》そうなのが腹《はら》立《だ》たしい。

だけど、ヘミングウェイの表情《ひょうじょう》は晴《は》れない。

「俺《おれ》にその名前《なまえ》をつけた人間《にんげん》はもういないけどな。名前《なまえ》をつけたらあきたらしい。そんなことよりどうしてマルが外泊《そとどまり》にいるんだよ？」

「ソトドマリ？」

「そんなことも知《し》らないのか。愛南町《あいなんちょう》の外泊《そとどまり》。ここはネコたちの楽園《らくえん》だぞ」

ヘミングウェイの視線《しせん》を追《お》った。山《やま》の斜面《しゃめん》に沿《そ》うように、古《ふる》い民家《みんか》が並《なら》んでいる。石垣《いしがき》の街並《まちな》みは美《うつく》しく、海《うみ》の青《あお》さを際立《きわだ》たせている。

「それで？　マルはどうしてここに来《き》た？」

「あるネコを捜《さが》しにきたんだ。額《ひたい》に三日月形《みかづきがた》の傷《きず》のある――」と言《い》いながら、オレは尋《たず》ねるまでもないと思《おも》っていた。

夢《ゆめ》でかいだのと同《おな》じにおいが、さっきから鼻先《はなさき》をかすめている。

「それってマドンナのことか？　だとしたらビンゴだ。ここにいるぜ。昼《ひる》までには戻《もど》ってくるから街《まち》を案内《あんない》してやるよ」

ヘミングウェイに連《つ》れられ、オレは迷路《めいろ》のように入《い》り組《く》んだ路地《ろじ》を歩《ある》いた。次々《つぎつぎ》と新《あたら》しいネコが現《あらわ》れる。彼《かれ》らは口々《くちぐち》に「ようこそ、デブ猫《ねこ》！」「楽《たの》しくやろうぜ！」と、優《やさ》しい声《こえ》をかけてくれる。

その一《いっ》ぴき一《いっ》ぴきに手《て》を振《ふ》り返《かえ》しながら、オレたちは丘《おか》に登《のぼ》った。コバルトブルーの海《うみ》を、あざやかな山《やま》が囲《かこ》んでいる。おだやかな凪《なぎ》の中《なか》、船《ふね》が飛《と》ぶように浮《う》かんでいる。

いつかアンナとここに来《き》たい。オレがボンヤリと思《おも》ったとき、ヘミングウェイがつぶやいた。

「そろそろ戻《もど》ってくる頃《ころ》かな」

胸《むね》が小《ちい》さく音《おと》を立《た》てる。目《め》をつぶれば、オレは夢《ゆめ》で見《み》たマドンナを思《おも》い出《だ》せる。人間《にんげん》のいたずらによってできたという三日月形《みかづきがた》の額《ひたい》の傷《きず》は、もちろん痛々《いたいた》しくはあるけれど、彼女《かのじょ》の個性《こせい》であり、魅力《みりょく》だ。

胸《むね》が高鳴《たかな》った。この感情《かんじょう》はなんだろう？　ドキドキ、ドキドキ……。

そして太陽《たいよう》が昇《のぼ》りきった頃《ころ》、マドンナらしき黒《くろ》ネコが、ついに海沿《うみぞ》いの道《みち》に現《あらわ》れた。見《み》た目《め》は夢《ゆめ》のままだったけれど、様子《ようす》がおかしい。何《なに》かに追《お》われているようだ。

オレたちは目《め》を見合《みあ》わせ、あわてて斜面《しゃめん》をかけ下《お》りた。マドンナを四人《よにん》の人間《にんげん》が囲《かこ》んでいる。若《わか》い彼《かれ》らはみんな手《て》にエアガンを持《も》っている。

「前《まえ》にもこんなことがあった。マドンナ、カワイイ顔《かお》してるから」

ヘミングウェイの声《こえ》が恐怖《きょうふ》で消《き》え入《い》りそうだった。オレの足《あし》もふるえている。

少《すこ》しずつ後退《あとずさ》りしていたマドンナが、すがるようにオレを見《み》た。エメラルドグリーンの瞳《ひとみ》に、また胸《むね》がドキリとする。

マドンナが一人《ひとり》につかまった。「ニャー!」というかん高《だか》い声《こえ》が周囲《しゅうい》にひびいて、そのまま車《くるま》に押《お》しこまれてしまう。

「大変《たいへん》だ」と、ヘミングウェイはこしを抜《ぬ》かした。動《うご》き出《だ》した車《くるま》を、オレは夢中《むちゅう》で追《お》いかけた。

背後《はいご》から声《こえ》が聞《き》こえてきた。

「たぶん宇和島《うわじま》の悪《わる》ガキたちだ! 走《はし》れ、マル! マドンナをたのんだぞ!」

じゃこてん

宇和島《うわじま》がどこか、聞《き》くまでもなかった。どういうわけか、オレはマドンナのにおいをかぎわけられる。

走《はし》っている間《あいだ》、オレは胸《むね》の高鳴《たかな》りについて考《かんが》えていた。本当《ほんとう》はうすうす気《き》づいていた。これが「恋《こい》」というやつなのだ。いつかパパがお酒《さけ》をのみながら教《おし》えてくれた。誰《だれ》かが誰《だれ》かのことを好《す》きになること。いつも気持《きも》ちがワクワクして、毎日《まいにち》がバラ色《いろ》になること。パパは素晴《すば》らしいものとして「恋《こい》」について語《かた》っていた。

オレはきっとマドンナに恋《こい》をしている。でも、だとしたら、どうしてこんなに息苦《いきぐる》しいのだろう？　パパはそれを教《おし》えてくれなかった。

笠《かさ》をかぶったお遍路《へんろ》さんとすれ違《ちが》ったり、大《おお》きなウナギがいるという川《かわ》をこえたりして、ようやくたどり着《つ》いた宇和島《うわじま》は、今治《いまばり》にひっ敵《てき》する大《おお》きな街《まち》だった。

お腹《なか》がグーッと音《おと》を立《た》てた。そのとき、お総菜屋《そうざいや》のおばさんと目《め》が合《あ》った。よほどひもじい顔《かお》をしていたに違《ちが》いない。

優《やさ》しそうなおばさんは「あらあら、かわいそうなデブ猫《ねこ》ちゃん」と口《くち》にして、あげたてのじゃこ天《てん》をわけてくれた。

　オレはプライドを捨《す》てておばさんの足《あし》にスリスリした。

　でも、いざそれにむしゃぶりつこうとしたときだ。

「おい、デブ猫《ねこ》！　俺《おれ》たちのなわ張《ば》りで何《なに》してる！」

　そんな声《こえ》が飛《と》んできた。殺気立《さっきだ》った数十《すうじっ》ぴきのネコたちが立《た》っている。

　オレはじりじりと後退《あとずさ》った。道後《どうご》のときのようにやり返《かえ》す力《ちから》は、残《のこ》っていない。

　オレはあげたてのじゃこ天《てん》を口《くち》にくわえて、すたこらさっさと逃《に》げ出《だ》した。逃《に》げて、逃《に》げて……。あまりにも必死《ひっし》に逃《に》げすぎて。

　だからマドンナのにおいがすぐそこに迫《せま》っていることに、オレは気《き》づいていなかった。

商店街《しょうてんがい》を抜《ぬ》け、ワシントンヤシの並木道《なみきみち》をひた走《はし》り、山《やま》の中腹《ちゅうふく》にさしかかった頃《ころ》、オレははじめて振《ふ》り返《かえ》った。

ネコたちが追《お》ってきている様子《ようす》はない。それを確認《かくにん》して、道路《どうろ》わきの木《こ》かげに身《み》を隠《かく》す。

そして「さぁ、久《ひさ》しぶりのごちそうだ」と口《くち》のじゃこ天《てん》をはなしたときだ。オレは自分《じぶん》の目《め》を疑《うたが》った。悪《わる》ガキたちから逃《に》げられたのか、マドンナがすやすや寝《ね》ているのだ。

気配《けはい》に気《き》づいたのか、マドンナはびくんと体《からだ》をふるわせ、飛《と》び跳《は》ねるように起《お》きた。瞳《ひとみ》はおびえきっていて、肩《かた》もゆれている。

「これ、食《た》べな」

オレは自分《じぶん》でも思《おも》ってもみないことを口《くち》にして、最高《さいこう》にクールに微笑《ほほえ》んだ。

マドンナの顔色《かおいろ》が瞬時《しゅんじ》にくもる。

「なんで?」

「お腹《なか》すいてるだろう?」

「それはそうだけど……。あなたは誰《だれ》?」

「オレはマル。二《に》さいのオスさ」

一人《ひとり》でカッコつけながら、オレは内心《ないしん》ジタバタした。オレだってお腹《なか》がペコペコなんだ。じゃこ天《てん》をあげるつもりなんてまったくなかったのに、口《くち》が勝手《かって》にぺらぺら回《まわ》る。

マドンナは覚悟《かくご》を決《き》めたようにじゃこ天《てん》をくわえた。オレは静《しず》かにその姿《すがた》を見《み》つめていたが、マドンナがじゃこ天《てん》を半分《はんぶん》ほど食《た》べたとき、お腹《なか》がグーッと音《おと》を立《た》てた。

マドンナはおどろいてこちらを向《む》いた。そして「ひょっとしてお腹《なか》すいてる?」と尋《たず》ねてきた。

「ごめんなさい。これ食《た》べて」

その瞬間《しゅんかん》、クールはどこかに飛《と》んでいった。オレは「ニャー！」とおたけびを上《あ》げて、じゃこ天《てん》にむしゃぶりついた。

マドンナがくすりと笑《わら》う。

「マルもお腹《なか》減《へ》ってたんだね」

「べ、べつに。減《へ》ってないし」

「マルはどこから来《き》たの？」

「道後《どうご》だけど」

「道後《どうご》？」

「ぼ、坊《ぼ》っちゃんにたのまれて、マドンナ、キミを捜《さが》しにきた」

「えっ、坊《ぼ》っちゃん？」と、力《ちから》なくつぶやくと、マドンナの大《おお》きな瞳《ひとみ》からポロリと涙《なみだ》がこぼれた。その表情《ひょうじょう》でオレは悟《さと》った。きっと二人《ふたり》は恋人同士《こいびとどうし》なのだ。美男美女《びなんびじょ》。お似合《にあ》いの二人《ふたり》だろう。好《す》きな女《おんな》が他《ほか》の男《おとこ》のために涙《なみだ》を流《なが》す。それは苦《くる》しいことだけれど、オレは決《けっ》して泣《な》かなかった。

「あのね、マル。坊《ぼ》っちゃんは私《わたし》にとって――」と続《つづ》けようとしたマドンナを、オレは「シッ」と止《と》めた。

坂《さか》の下《した》から、車《くるま》の音《おと》が近《ちか》づいてくる。さらに向《む》こうからは、ネコたちの足音《あしおと》が聞《き》こえてきた。

会社
うわじま料理
またたび産業
みかん山

猫又信用金庫
じゃこ勝
たま

マドンナもその音《おと》に気《き》づいたようだ。オレたちはうなずき合《あ》って、同時《どうじ》に坂《さか》をかけ上《あ》がった。

幸《さいわ》いにも山頂《さんちょう》にはたくさんのネコがいた。見《み》たことのないドーム状《じょう》の建物《たてもの》に、続々《ぞくぞく》と吸《す》いこまれていく。

「あそこだ！」

オレはマドンナをそこに連《つ》れていった。中《なか》はさらに多《おお》くのネコでごった返《がえ》している。これで逃《に》げられると安心《あんしん》したのもつかの間《ま》、マドンナがネコの波《なみ》にさらわれてしまった。

「ニャーン！」という声《こえ》の方向《ほうこう》に目《め》を向《む》けて、オレはがく然《ぜん》とした。建物《たてもの》の中《なか》になぜかグラウンドのような場所《ばしょ》がある。そこにいるのはマドンナと、なんと牛《うし》！

急《いそ》いで助《たす》けに向《む》かったオレに、最前列《さいぜんれつ》のベンチにいた老猫《ろうねこ》がのんびり話《はな》しかけてきた。

「おいおい、はだかで牛《うし》と闘《たたか》うつもりか？　これを着《き》てけ」

服《ふく》と一緒《いっしょ》に赤《あか》い布《ぬの》を渡《わた》される。

「ここは〈宇和島市営闘牛場《うわじましえいとうぎゅうじょう》〉。普段《ふだん》は牛同士《うしどうし》が闘《たたか》うところなんじゃがな。ま、思《おも》う存分《ぞんぶん》やって来《こ》い」

オレは老猫《ろうねこ》に礼《れい》を言《い》い、グラウンドに飛《と》びこんで、マドンナを隠《かく》すように赤《あか》い布《ぬの》をひらひらさせた。

牛《うし》は興奮《こうふん》して、前足《まえあし》で土《つち》をかいたり、鼻息《はないき》をふぅふぅさせたりしている。

牛《うし》が飛《と》びかかってきた瞬間《しゅんかん》、オレは赤《あか》い布《ぬの》をひらめかせ、マドンナとともにひらりとよけた。

老猫《ろうねこ》が「オーレ！」や「よっ、マタドール！」といった声《こえ》をかけてくる。牛《うし》をかわしながら、オレは逃《に》げるタイミングを見計《みはか》らった。興奮《こうふん》した牛《うし》の向《む》こうに、とびらが開《ひら》いているのが見《み》える。

オレは思《おも》いきって赤《あか》い布《ぬの》を放《ほう》り投《な》げた。牛《うし》が気《き》を取《と》られた一瞬《いっしゅん》のすきをついて、一目散《いちもくさん》に逃《に》げ出《だ》した。

マドンナの手《て》をにぎって、無我夢中《むがむちゅう》で走《はし》っていた。

オレたちは目《め》についたバスに飛《と》び乗《の》った。二人《ふたり》で小《ちい》さくなって隠《かく》れていたが、あっという間《ま》に見《み》つかった。となりの席《せき》に座《すわ》ってきたのは、背中《せなか》を丸《まる》めたおばあちゃんだ。

「あらあら、いいわね。デート？」

おばあちゃんはネコのオレたちを怒《おこ》るでもなく、笑《わら》っている。

「それとも旅行《りょこう》？　宇和島《うわじま》はいいとこだったでしょう？　おいしいものがいっぱいあって、私《わたし》は大好《だいす》きよ」

おばあちゃんの胸元《むなもと》にキレイなネックレスが光《ひか》っている。ついネコの習性《しゅうせい》で「えいえい」と、じゃれてしまった。

おばあちゃんは細《ほそ》い目《め》をさらに細《ほそ》くする。

「そうそう。この真珠《しんじゅ》も宇和島《うわじま》の特産品《とくさんひん》よ。それよりあなたたち、みかんは食《た》べた？」

マドンナが首《くび》を横《よこ》に振《ふ》った。すると、おばあちゃんは勝手《かって》にブザーを押《お》してしまった。

「せっかくだから、ここのみかんを食《た》べていきなさい。吉田町《よしだちょう》のみかんは日本一《にほんいち》よ！」

結局《けっきょく》、オレたちは早々《そうそう》にバスを降《お》ろされた。苦笑《にがわら》いするマドンナと、国道沿《こくどうぞ》いをとぼとぼ歩《ある》く。

しばらくは二人《ふたり》とも無言《むごん》だった。でも、トンネルを抜《ぬ》けたとき、マドンナが「わぁ！」と声《こえ》を上《あ》げた。

オレの心《こころ》もポンとはずんだ。季節《きせつ》が違《ちが》うせいか、期待《きたい》したみかんはなっていない。しかし、高《たか》台《だい》から見渡《みわた》せるみかん畑《ばたけ》は息《いき》をのむくらい美《うつく》しい。

オレたちは畑《はたけ》に下《お》りてみた。そしてマドンナをたくみにリードしながら、オレはそこにあった台《だい》に寄《よ》りかかった。

どういうわけか、台《だい》がゴトンと音《おと》を立《た》てて動《うご》き出《だ》した。「マル！」とさけんで、マドンナもあわてて飛《と》び乗《の》ってくる。

オレたちを乗《の》せた台《だい》は、ガタゴト、ガタゴト……。山《やま》の急斜面《きゅうしゃめん》を下《くだ》っていった。みかんの木《き》のトンネルをすごいスピードで抜《ぬ》けていく。気分《きぶん》は映画《えいが》のヒーローだ。

山《やま》を下《くだ》りきって、お互《たが》いの安全《あんぜん》を確認《かくにん》し合《あ》って、オレたちはお腹《なか》を抱《かか》えて笑《わら》い転《ころ》げた。笑《わら》うだけ笑《わら》って、目元《めもと》をこすりながら、マドンナは思《おも》ってもみないことを言《い》ってきた。

「ねえ、マル。変《へん》なこと言《い》っていい？」

「うん。何《なに》？」

「私《わたし》、マルを知《し》ってるの」

「え……？」

「変《へん》なこと言《い》ってごめんね。でも、ホントなんだ。私《わたし》、いつかあなたを夢《ゆめ》で見《み》た」

マドンナはそっとオレから視線《しせん》をそらし、話題《わだい》を変《か》えた。

「このへんは数年前《すうねんまえ》に大雨《おおあめ》で大変《たいへん》な被害《ひがい》にあったんだって。旅《たび》をしている途中《とちゅう》で私《わたし》も知《し》ったの」

「大雨《おおあめ》？　被害《ひがい》？」

「自然《しぜん》はこわいものだって。大切《たいせつ》な家《いえ》や思《おも》い出《で》をことごとくうばわれたって、旅《たび》の途中《とちゅう》で会《あ》ったおばあちゃんたちが言《い》ってたわ」

マドンナの見《み》つめる方向《ほうこう》を目《め》で追《お》った。高台《たかだい》から見《み》たときは美《うつく》しいだけだったのに、みかん畑《ばたけ》のところどころがえぐられている。これが雨《あめ》のせいというのなら、よほどの被害《ひがい》だったに違《ちが》いない。でも……。

「自然《しぜん》はこわいものかもしれないけど、素晴《すば》らしいものだったよ」

「マル？」と、不思議《ふしぎ》そうに首《くび》をかしげるマドンナに、オレは力強《ちからづよ》くうなずいた。

「オレもこの旅《たび》でたくさんの景色《けしき》を見《み》たんだ。三島公園《みしまこうえん》の桜《さくら》に、石鎚山《いしづちさん》と田園風景《でんえんふうけい》、しまなみ海道《かいどう》から見《み》た多《おお》くの島《しま》……。佐田岬《さだみさき》ではあざやかな緑《みどり》が見《み》られたし、愛南《あいなん》の海《うみ》もキレイだった。それだって全部自然《ぜんぶしぜん》だろ？　自然《しぜん》は美《うつく》しかったんだ。それは絶対《ぜったい》に間違《まちが》いないよ」

話《はな》しているうちに、オレは興奮《こうふん》していた。自分《じぶん》の旅《たび》そのものを否定《ひてい》された気持《きも》ちがしたからだ。

マドンナの顔《かお》に、じんわりと笑《え》みがにじんだ。

「マルも大冒険《だいぼうけん》してきたんだね」

独《ひと》り言《ごと》のように口《くち》にして、マドンナは一《ひと》つだけ落《お》ちていたみかんを手《て》に取《と》った。

「これも自然《しぜん》のおくり物《もの》か。吉田町《よしだちょう》のみかん。半分《はんぶん》ずつ食《た》べてみよう」

そうしてわけ合《あ》った丸々《まるまる》としたみかんは、ほっぺたが落《お》ちそうなくらい甘《あま》かった。

　マドンナが空《そら》を見《み》ながらポツリと言《い》った。

「そんなに桜《さくら》キレイだったんだ。いいなぁ。私《わたし》はまだ見《み》てないんだ」

「じゃあ、一緒《いっしょ》に見《み》る？」

「ホント？」

「どこかいいところあるかな？」

「私《わたし》、内子《うちこ》っていうところに行《い》ってみたい！　古《ふる》い町並《まちな》みが残《のこ》ってるんだって。そこに桜《さくら》もきっとあるよ」

　マドンナの笑顔《えがお》を見《み》たら、坊《ぼ》っちゃんに申《もう》し訳《わけ》ないという気持《きも》ちが少《すこ》しだけ消《き》えた。

「うん、行《い》こう！　次《つぎ》の行《い》き先《さき》は内子《うちこ》だ！」

　そう言《い》って、オレはもう一度《いちど》むき出《だ》しの山《やま》はだに目《め》を向《む》けた。

　いまでも苦《くる》しんでいる人《ひと》がいるのだろうか。何《なに》か自分《じぶん》にできることがあるのだろうか——。

　ネコという身《み》でありながら、オレはそんなことを考《かんが》えた。

内子《うちこ》には夜《よる》おそくに到着《とうちゃく》した。人《ひと》はいないし、店《みせ》も閉《し》まっているが、ボンヤリとした灯《あか》りに照《て》らされた古《ふる》い町並《まちな》みは本当《ほんとう》にキレイだった。

オレたちは白《しら》かべと土蔵《どぞう》の並《なら》ぶメイン通《どお》りを歩《ある》いた。外《そと》とは思《おも》えない静《しず》けさの中《なか》で、勇《ゆう》気《き》を振《ふ》りしぼればマドンナの手《て》をにぎることもできるだろう。

でも、さすがにそれは坊《ぼ》っちゃんが許《ゆる》さない。誰《だれ》かの恋人《こいびと》を好《す》きになってはいけないことくらい、ネコのオレだって知《し》っている。

優雅《ゆうが》で、美《うつく》しく、とても切《せつ》ないマドンナとの散歩《さんぽ》の時間《じかん》は、あっという間《ま》に終《お》わってしまった。

そのまま桜《さくら》を探《さが》して無言《むごん》で街《まち》をほっつき歩《ある》いて、オレはある異変《いへん》に気《き》がついた。

マドンナもそのにおいを感《かん》じ取《と》ったようだ。オレたちはゆっくり顔《かお》を見合《みあ》わせ、息《いき》を殺《ころ》して角《かど》を曲《ま》がる。

大《おお》きな建物《たてもの》が現《あらわ》れた。〈内子座《うちこざ》〉という文《も》字《じ》が見《み》えている。

建物《たてもの》の前《まえ》の広場《ひろば》に、一《いっ》ぴきのネコが立《た》っていた。

「ちょっと、〝ジャック〟なの？　どうして!?」

マドンナがさけんだ。不思議《ふしぎ》そうに振《ふ》り返《かえ》ったのは、旅《たび》のはじめに四国中央市《しこくちゅうおうし》の三島公園《みしまこうえん》で会《あ》った、あのチビネコだ！

ジャックはニンマリと微笑《ほほえ》んだ。

「ああ、良《よ》かった。二人《ふたり》とも会《あ》えたんだね」

「どうしてジャックが？」

「いやぁ、なんかデブ猫《ねこ》くんが楽《たの》しそうだったからさ。ボクも冒険《ぼうけん》してみたくなっちゃって」

そう口《くち》にして、ジャックは内子座《うちこざ》に目《め》を向《む》けた。

「でも、一人《ひとり》じゃこわかったんだ。みんなで行《い》こう！」

内子座《うちこざ》は古《ふる》い劇場《げきじょう》だった。ジャックとマドンナが先《さき》に客席《きゃくせき》にこしを下《お》ろした。オレもあとに続《つづ》こうとしたけれど、ジャックに追《お》いはらわれた。

「君《きみ》が踊《おど》らないとボクたちが楽《たの》しめないじゃないか」

「そんなのイヤだよ」

「いいから行《い》けって。踊《おど》るあほうがモテるんだぜ？」と言《い》って、ジャックは青《あお》い法被《はっぴ》を渡《わた》してくる。

舞台《ぶたい》にのっそり上《あ》がって、オレは破《やぶ》れかぶれで踊《おど》ってみた。合間合間《あいまあいま》でジャックとマドンナが「よーっ！」という声《こえ》を上《あ》げる。

そして、オレの舞《まい》が一段落《いちだんらく》したときだった。ジャックが突然《とつぜん》こんなことを言《い》い出《だ》した。

「で？　デブ猫《ねこ》くんはもう姉《ねえ》さんに愛《あい》の告白《こくはく》をしたのかい？」

空気《くうき》がピンと張《は》りつめる。ジャックが不思議《ふしぎ》そうにした。

「どうしたの？　デブ猫《ねこ》くんは姉《ねえ》さんのことが好《す》きなんだろ？」

「やめろ。ジャック！」と、オレは舞台《ぶたい》から声《こえ》を上《あ》げる。

「マドンナには恋人《こいびと》がいるんだ。道後《どうご》の坊《ぼ》っちゃんだよ。二人《ふたり》はとてもお似合《にあ》いなんだ」

今日一番《きょういちばん》の静《しず》けさが夜《よる》の内子座《うちこざ》に立《た》ちこめた。

ジャックは「えっ？」と口《くち》に出《だ》して、マドンナもおどろいたようにまゆをひそめる。

「坊《ぼ》っちゃんって……。でも、姉《ねえ》さんは――」

ジャックが口《くち》にしようとした言葉《ことば》を、マドンナはなぜかうれしそうに手《て》で止《と》めた。

「いいの、ジャック。ねえ、それよりあなた桜《さくら》を知《し》らない？　私《わたし》たち、キレイな桜《さくら》が見《み》たくてここに来《き》たの」

オレたちを交互《こうご》に見《み》つめていたジャックの目《め》が、いたずらっぽくゆがんだ。

「ああ、それなら最高《さいこう》の場所《ばしょ》があるよ！」

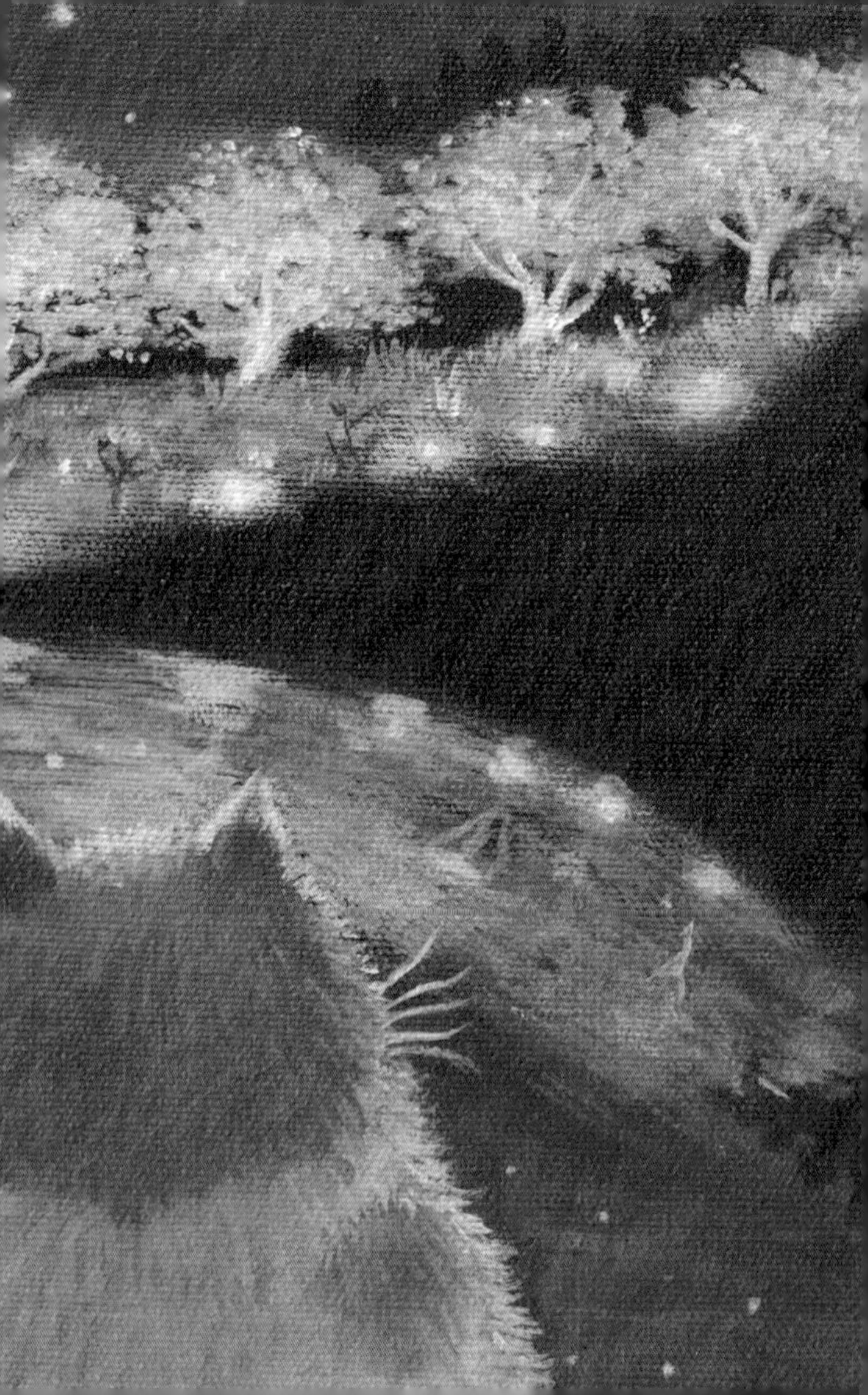

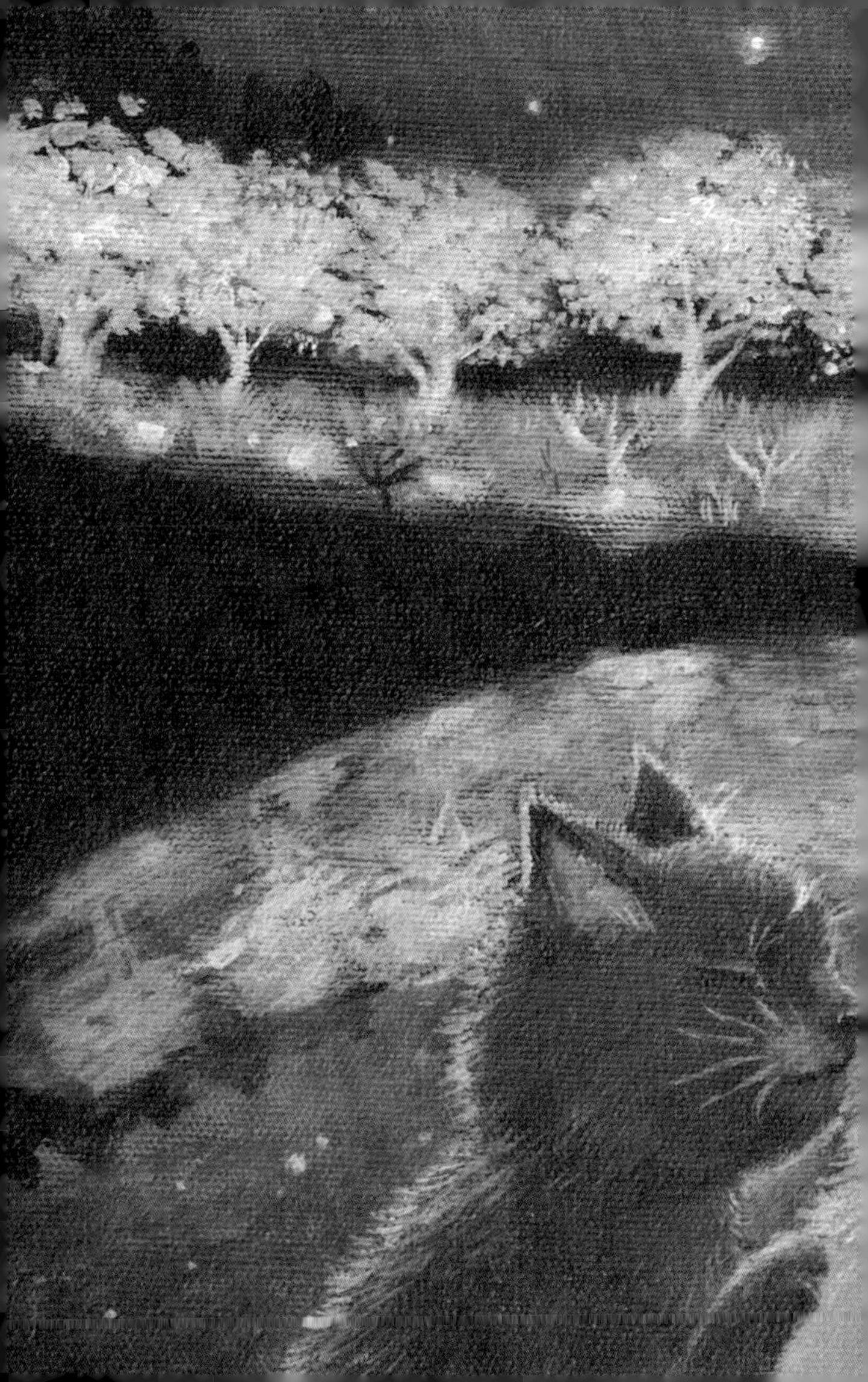

ジャックの描《か》いた地図《ちず》には〈尾首の池《おくびのいけ》〉という文字《もじ》があった。「ボクは旅《たび》を続《つづ》けるよ！」と言《い》うジャックとはそこで別《わか》れ、オレたちは地図《ちず》をたよりにそこを目指《めざ》した。

少《すこ》しずつ街《まち》の灯《あか》りが減《へ》っていって、山《やま》が深《ふか》くなっていく。ようやく到着《とうちゃく》した尾首《おくび》の池《いけ》は、想像以上《そうぞういじょう》に美《うつく》しいところだった。

十本《じっぽん》ほどのソメイヨシノが、スポットライトに照《て》らされている。その桜《さくら》の大木《たいぼく》が、波《なみ》のない池《いけ》の上《うえ》に鏡《かがみ》のように映《うつ》っている。

でも、オレがおどろいたのはその美《うつく》しさじゃなかった。

「私《わたし》、この場所《ばしょ》を知《し》ってるかも」と呆然《ぼうぜん》とつぶやいたマドンナに、オレもうなずいた。

「オレも知《し》ってる。夢《ゆめ》で見《み》た」

「え、マルも？」

「うん。見《み》たよ」

そうなのだ。夢《ゆめ》の中《なか》でオレとマドンナはたしかにこの場所《ばしょ》に立《た》っていた。

夢《ゆめ》と同《おな》じようにとなりで桜《さくら》を見《み》つめながら「マルはかん違《ちが》いしてるよ」と、マドンナは白《しろ》い歯《は》を見《み》せてきた。

ふうっと息をもらして、マドンナはさらに表情を輝かせる。

「坊《ぼ》っちゃんは私《わたし》の恋人《こいびと》なんかじゃない。お兄《にい》ちゃんだもん」

「え？」

「それでね、マル。私《わたし》は――」

「あ、ごめん。その先《さき》はオレに言《い》わせて」と、オレはあわててマドンナを止《と》めた。前《まえ》ぶれもなく夢《ゆめ》の続《つづ》きを思《おも》い出《だ》したのだ。

緊張《きんちょう》で押《お》しつぶされそうになったけれど、オレは勇《ゆう》気《き》を振《ふ》りしぼった。

「オ、オレは……、マ、マ、マドンナのことが、大好《だいす》きだ！」

マドンナは何《なに》も答《こた》えようとしなかった。代《か》わりに、ほっぺたにチューしてくれた。

桜《さくら》が風《かぜ》にふわりとゆれる。山《やま》がさわさわと音《おと》を立《た》てる。

まるでみんなに見《み》られていたみたいで、オレははずかしくて仕方《しかた》がなかった。

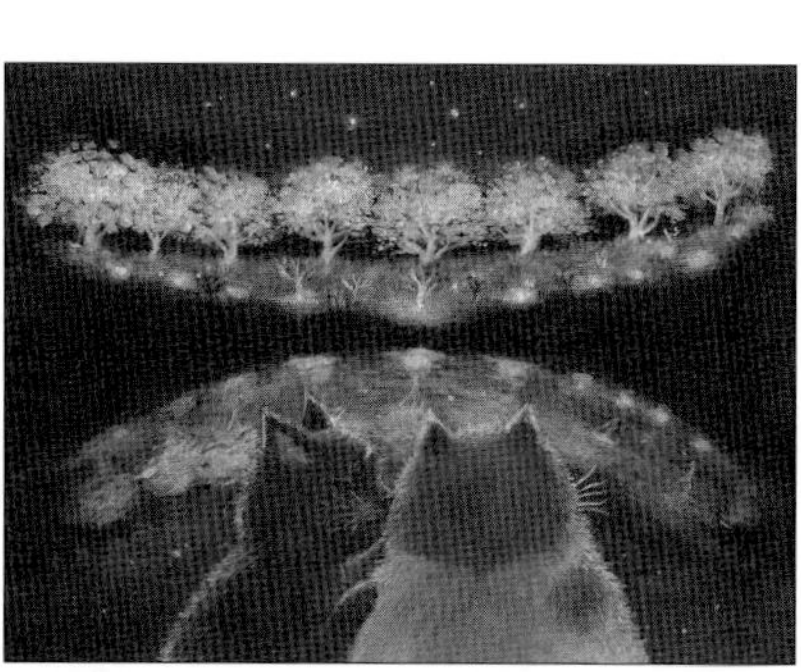

数時間後《すうじかんご》、オレたちは白《しら》サギのカタマの上《うえ》にいた。マドンナがためしに吹《ふ》いた指笛《ゆびぶえ》を、カタマが聞《き》き取《と》ってくれたのだ。

バッサバッサと、前回《ぜんかい》と同《おな》じはずの羽《はね》の音《おと》が違《ちが》って聞《き》こえる。東《ひがし》の空《そら》に朝日《あさひ》が顔《かお》を出《だ》した。この旅《たび》で見《み》たたくさんの景色《けしき》が胸《むね》をよぎる。

「マルは道後《どうご》に戻《もど》ったらどうするつもり？　やっぱりアンナちゃんの家《いえ》に帰《かえ》る？」

「まだわからない。旅《たび》を続《つづ》けるかもしれないし、坊《ぼ》っちゃんたちと一緒《いっしょ》に暮《く》らすかもしれない」

「アンナちゃんが悲《かな》しむよ。絶対《ぜったい》にマルを捜《さが》してるよ」

「捜《さが》してないよ。アンナはもうオレのことなんて忘《わす》れてる」

耳《みみ》に「デブ猫《ねこ》！」という冷《つめ》たい声《こえ》がよみがえる。あのときのさびしい気持《きも》ちが胸《むね》にささる。

山《やま》を一《ひと》つこえ、二《ふた》つこえ。オレたちは確実《かくじつ》に道後《どうご》に近《ちか》づいているようだ。でも、遠《とお》くに松山《まつやま》城《じょう》が見《み》えてきた頃《ころ》、オレはあることに気《き》がついた。カタマの息《いき》が上《あ》がり、飛《と》ぶスピードが落《お》ちている。

カタマに命《めい》じて降《お》り立《た》った場所《ばしょ》には、なぜか動物《どうぶつ》がたくさんいた。

「ここ知《し》ってる。〈とべ動物園《どうぶつえん》〉だよ」と、マドンナが口《くち》を開《ひら》く。

「ドウブツエン？」

「いろんな動物《どうぶつ》とふれ合《あ》えるとこ」

興味《きょうみ》はわいたが、それよりオレには気《き》になることがあった。オレはカタマに問《と》いかける。

「ねぇ、カタマ。オレがここで降《お》りたら飛《と》べる？　マドンナ一人《ひとり》なら乗《の》せられる？」

カタマは「ククカァー！」と鳴《な》き声《ごえ》を上《あ》げた。オレはクールに親指《おやゆび》を立《た》てる。

「オーケー。じゃ、マドンナ。ここからキミは一人《ひとり》で行《い》け」

「イヤよ。マルと一緒《いっしょ》に帰《かえ》る」

「オレも必《かなら》ず帰《かえ》るから」

あえて強《つよ》く言《い》ったオレに、マドンナはしぶしぶ「はい」と言《い》った。

カタマの背中《せなか》に乗《の》っかって、マドンナは最後《さいご》に思《おも》わぬことを口《くち》にした。

「マル、あなたはここのホッキョクグマを訪《たず》ねてみて」

「クマ？　どうして？」

「いいから。あなたたち、絶対《ぜったい》に仲良《なかよ》くなれるから。そして必《かなら》ず帰《かえ》ってきてね。約束《やくそく》よ、マル」

オープン前《まえ》の動物園《どうぶつえん》を、オレはとことこ歩《ある》く。キリン、ライオン、アフリカゾウ……。アンナの図《ず》かんで見《み》た動物《どうぶつ》たちが、逆《ぎゃく》に不思議《ふしぎ》そうな目《め》でオレを見《み》る。

お目当《めあ》てのホッキョクグマはすぐ見《み》つかった。とても大《おお》きな白《しろ》クマだったが、顔《かお》は優《やさ》しく、こわくはない。

「こんにちは」という声《こえ》に、白《しろ》クマはのんびりと顔《かお》を向《む》けた。

「オレはマル。ハチワレネコのオス、二《に》さいだよ」

「私《わたし》は〝ピース〟。ホッキョクグマのメスよ。あなたよりはお姉《ねえ》さんね」

立《た》ち上《あ》がったピースはまるで雪山《ゆきやま》のようだったけれど、やっぱりこわさは感《かん》じなかった。それどころか、オレは不思議《ふしぎ》なにおいをかぎ取《と》った。なぜかピースはオレと同《おな》じ雰囲気《ふんいき》をまとっている。

「ねえ、ピースって人間《にんげん》の家《いえ》にいた？」

質問《しつもん》してから、オレはバカなことを聞《き》いたと反省《はんせい》した。こんなに大《おお》きな白《しろ》クマが、人間《にんげん》の家《いえ》にいたなんてあり得《え》ない。

それなのに、ピースは当《あ》たり前《まえ》というふうに鼻《はな》を鳴《な》らす。

「飼育員《しいくいん》の高市《たかいち》さんの家《いえ》にね」

「タカイチさん？」

「私《わたし》、小《ちい》さい頃《ころ》はすごく体《からだ》が弱《よわ》かったのよ。こんなに長生《ながい》きできたのは高市《たかいち》さんとその家族《かぞく》、あと動物園《どうぶつえん》のスタッフと応援《おうえん》してくれた人《ひと》たちのおかげね」

そう優《やさ》しく目尻《めじり》を下《さ》げると、ピースはゆっくり首《くび》をかしげた。

「マルも誰《だれ》か人間《にんげん》に育《そだ》てられたの？」

「オレはアンナだよ。でも……」

「ケンカした？」

「ケンカじゃない。嫌《きら》われたんだ」

「ううん。それはケンカよ。あなたは愛《あい》されていたはずよ」

「なんでそう思《おも》うの？」

「そんなの、あなたの顔《かお》を見《み》てたら誰《だれ》でもわかるわ」

ピースは近《ちか》くのプールに飛《と》びこんだ。水《みず》しぶきが激《はげ》しく散《ち》って、気持《きも》ち良《よ》さそうに顔《かお》を出《だ》す。

「マルもおいで」

水《みず》はこわかったけれど、オレは、えい、やー、と飛《と》びこんだ。お腹《なか》がバシャーンと水《みず》を打《う》つ。

オレを指《ゆび》さして大笑《おおわら》いして、ピースは言《い》った。

「もう〝シキさん〟には会《あ》った？」

「シキさん？」

「私《わたし》と同《おな》い年《どし》の老猫《ろうねこ》よ。なやみがあるなら、彼《かれ》を訪《たず》ねてみたらいい。いつも野球場《やきゅうじょう》にいるそうよ。マルはいろんな世界《せかい》が見《み》られていいね」

ピースこそみんなに愛《あい》されているに違《ちが》いない。口《くち》では「うらやましい」なんて言《い》うくせに、その顔《かお》はとてもおだやかだった。

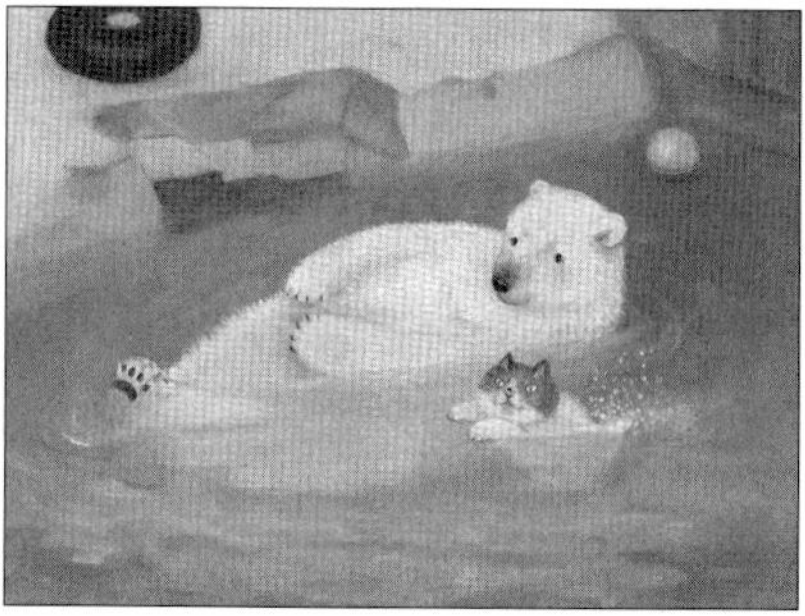

じゃこ天半分《てんはんぶん》とみかん半分《はんぶん》。それだけで牛《うし》と闘《たたか》い、モノレールで山《やま》を下《くだ》り、マドンナと空《そら》を飛《と》んで、ピースと泳《およ》いだ。もう力《ちから》が残《のこ》っていない。お腹《なか》もペコペコだ。

どれだけやせたことだろうと思《おも》いながら、オレはピースに教《おし》えられた〈坊《ぼ》っちゃんスタジアム〉に足《あし》を運《はこ》んだ。

すりばち状《じょう》になった客席《きゃくせき》に、あざやかな緑《みどり》の芝《しば》。グラウンド内《ない》の一《いっ》カ所《しょ》だけ盛《も》り上《あ》がった土《つち》の上《うえ》に、老猫《ろうねこ》が立《た》っている。

シキさんというネコは立派《りっぱ》なヒゲを生《は》やし、キレイな頭《あたま》の形《かたち》をしていた。

「南《みなみ》より／気高《けだか》き者《もの》と／春《はる》はやて」

「え……？」

「お前《まえ》がマルか。この街《まち》の情報《じょうほう》はなんでもワシに入《はい》ってくるんぞな」

シキさんはニンマリ笑《わら》うと、突然何《とつぜんなに》か手渡《てわた》してきた。

オレはそれが何《なに》か知《し》っている。グローブとかいうやつだ。前《まえ》にパパがテレビで「甲子園《こうしえん》」を見《み》ていたのを覚《おぼ》えている。

シキさんはフォッフォッフォッと声《こえ》を上《あ》げた。

「松山《まつやま》は野球《やきゅう》の町《まち》よ。市外局番《しがいきょくばん》も〝〇八九〟。『オー、野球《やきゅう》』と読《よ》むんぞな。伊予《いよ》っ子《こ》は何《なに》はともあれキャッチボールじゃけん」

オレは帽子《ぼうし》までかぶらされ、見《み》よう見《み》まねでボールを投《な》げた。

赤《あか》く染《そ》まる坊《ぼ》っちゃんスタジアムに、ひびくのはキャッチボールの音《おと》だけだ。

「なかなか上手《じょうず》じゃのう」と、ゆっくりと口《くち》を開《ひら》いたシキさんは、ボールを投《な》げながら尋《たず》ねてきた。

「それで、お前《まえ》さんはアンナの家《いえ》に帰《かえ》るんか？」

「たぶん帰《かえ》らない」

「どしてぞ？」

「オレのことなんて忘《わす》れてるよ。スリジエがいればそれでいいんだ」

「いじけとるんか？」と、シキさんは意地悪《いじわる》そうに目《め》を細《ほそ》める。

ブンブンと首《くび》を横《よこ》に振《ふ》ると、今度《こんど》は「ほしたら、傷《きず》つくのがこわいんかなもし」と言《い》ってきた。

シキさんはボールを投《な》げる腕《うで》を止《と》め、赤《あか》い夕日《ゆうひ》に目《め》を向《む》けた。その横顔《よこがお》がとてもりりしい。

「アンナはお前《まえ》を心配《しんぱい》しとるんぞな」

「ウソだよ」

「ウソじゃありゃせん。これを見《み》とうみ」

シキさんはポケットから紙切《かみき》れを取《と》り出《だ》した。それを見《み》たオレはどんな顔《かお》をしただろう？

強《つよ》い風《かぜ》が吹《ふ》きつけた。シキさんの「フォッフォッフォッ」が、南《みなみ》からの春《はる》はやてと混《ま》ざり合《あ》った。

WANT

WAN

シキさんから受《う》け取《と》った紙《かみ》には〈WANTED〉の文字《もじ》と、オレの顔写真《かおじゃしん》が印刷《いんさつ》されていた。その下《した》にはアンナの手書《てが》きの字《じ》が記《しる》されている。

★大《だい》すきなネコが家出《いえで》してしまいました
★名前《なまえ》は「マル」。二《に》さいです
★「クール」って言《い》うとよろこびます。「デブ猫《ねこ》」って言《い》うとふてくされます
★マルは人《ひと》のことばがわかります
★わたしはマルに会《あ》いたいです

シキさんが語《かた》りかけてくる。

「これが街中《まちじゆう》にはられとるぞな。それでもお前《まえ》さんは、アンナが心配《しんぱい》しとらんと言《い》うんかな?」

質問《しつもん》には答《こた》えなかったが、「ありがとう!」とさけんだときには、オレはもう走《はし》り出《だ》していた。

オレには二人《ふたり》、においだけで居場所《いばしょ》がわかる女《おんな》がいる。一人《ひとり》はマドンナで、もう一人《ひとり》はアンナだ。

走《はし》って、走《はし》って。街《まち》を風《かぜ》のようにかけ抜《ぬ》けて。そして走《はし》りながら、オレは心《こころ》の中《なか》でさけんでいた。

冒険《ぼうけん》に出《で》て、たくましくなって帰《かえ》ってきた。そう、オレは「かなしきデブ猫《ねこ》ちゃん」。名前《なまえ》は、マル。そこんとこよろしく——!

交差点《こうさてん》を曲《ま》がると、〈銀天街《ぎんてんがい》〉という商店街《しようてんがい》が現《あらわ》れた。この旅《たび》で見《み》たことのない人間《にんげん》の数《かず》に面食《めんく》らいながら左折《させつ》すると、今度《こんど》は〈大街道《おおかいどう》〉という字《じ》が目《め》に入《はい》り、さらに多《おお》くの人《ひと》たちでにぎわっていた。

キャー、カワイイ。デブ猫《ねこ》ちゃんだ！　という女《おんな》の子《こ》たちの声《こえ》を聞《き》き流《なが》し、オレはひた走《はし》る。

大街道《おおかいどう》を抜《ぬ》けたところに路面電車《ろめんでんしゃ》が停《と》まっていて、少《すこ》しだけなやんで飛《と》び乗《の》った。

もう一《ひと》つ、オレには行《い》かなければいけない場所《ばしょ》があるからだ。電車《でんしゃ》が動《うご》き出《だ》すと、アンナのにおいと入《い》れかわるようにして、少《すこ》しずつマドンナのにおいが近《ちか》づいてくる。

オレはついに道後温泉《どうごおんせん》に戻《もど》ってきた。例《れい》のからくり時計《どけい》は午後十時《ごごじゅうじ》を指《さ》している。

ネコたちが現《あらわ》れるまで、まだ五時間《ごじかん》……なんて思《おも》っているうちに、オレはウトウトしてしまった。

よっぽどつかれていたらしい。目《め》が覚《さ》めたときには、あの歌《うた》が流《なが》れていた。

♪ネコは〜　日暮《ひぐ》れて〜　夕《ゆう》な〜み　小《こ》〜な〜み〜

あの日《ひ》とは違《ちが》い、ネコたちは踊《おど》っていない。マドンナをはさむようにして、坊《ぼ》っちゃんと、キヨが立《た》っている。

マドンナはあざやかな赤《あか》い着物《きもの》に身《み》を包《つつ》んでいた。

「お帰《かえ》りなさい、マル――」

マドンナのほおにキレイな涙《なみだ》が伝《つた》った。

その瞳《ひとみ》がとてもすんでいて、オレの目頭《めがしら》もギュウとなった。

「マル。よくぞご無事《ぶじ》で」

キヨが深《ふか》くお辞《じ》ぎすると、イヤミな赤《あか》シャツは抱《だ》きついてきた。

「マル、お前《まえ》すごい男《おとこ》になって帰《かえ》ってきたな！」

坊《ぼ》っちゃんはマドンナと近《ちか》づいてきて、オレを見《み》つめた。

「お前《まえ》、本当《ほんとう》にマルか？　目《め》の輝《かがや》きがまったく違《ちが》うぞ」

オレは胸《むね》を張《は》って言《い》い返《かえ》す。

「当《あ》たり前《まえ》だ。オレはめくるめく大冒険《だいぼうけん》をしてきたんだ。こないだのオレとは違《ちが》うんだ！」

坊《ぼ》っちゃんは「ふふ」と声《こえ》に出《だ》して、頭《あたま》を下《さ》げてきた。

「妹《いもうと》をありがとうな。これでマルも俺《おれ》たちの仲間《なかま》だ。お前《まえ》が望《のぞ》むならずっとここにいればいい」

キヨが、山嵐《やまあらし》がうなずいた。うらなりと野《の》だいこは洟《はな》をすすった。こんなにうれしいことはなかったけれど、オレは首《くび》を振《ふ》った。

「ありがとう。でも、オレはここにはいられない。帰《かえ》らなきゃいけない場所《ばしょ》がある」

静《しず》けさが立《た》ちこめた。赤《あか》シャツがつまらなそうに口《くち》にする。

「仕方《しかた》ないよ。どうせこいつは家《いえ》ネコだ。俺《おれ》たちとは違《ちが》うんだ」

しらけきった空気《くうき》の中《なか》、赤《あか》シャツはさらにまくし立《た》てた。

「だからさ、坊《ぼ》っちゃん。今日《きょう》だけはマルをねぎらってやろう」

「ねぎらう？」

「温泉《おんせん》だ！　久《ひさ》しぶりにみんなで入《はい》りにいこう！」

みんなの顔《かお》に笑《え》みが広《ひろ》がる。「そうしよう！」と、一番《いちばん》うれしそうにしたのはマドンナだ。

道後《どうご》商店街《しょうてんがい》を行《い》く途中《とちゅう》、オレのとなりには坊《ぼ》っちゃんがいた。

「でもな、マル。いつでもここに来《き》ていいからな」

「ありがとう。そのときはオレにもからくり時計《どけい》で踊《おど》らせてよ」

坊《ぼ》っちゃんは不敵《ふてき》に笑《わら》って、オレのお腹《なか》の肉《にく》をつまんできた。

「だったらまずはダイエットだな。いまのままじゃ踊《おど》れないぞ」

道後温泉本館《どうごおんせんほんかん》の湯船《ゆぶね》に、みんな次々《つぎつぎ》と飛《と》びこんだ。

オレは最後《さいご》に湯《ゆ》につかった。想像以上《そうぞういじょう》に熱《あつ》くて、思《おも》わず「ギャッ!」とさけぶと、みんなが大笑《おおわら》いする。

オレはいいところを見《み》せようと、ピースに教《おそ》わった平泳《ひらおよ》ぎを披露《ひろう》したが、すぐに「マル、ダメ!」というマドンナの声《こえ》が飛《と》んできた。

湯船《ゆぶね》から顔《かお》を出《だ》して、マドンナが指《ゆび》さす方向《ほうこう》に目《め》を向《む》ける。洗《あら》い場《ば》のかべに〈坊《ぼ》っちゃん泳《およ》ぐべからず〉という古《ふる》い木《き》札《ふだ》がはられている。そのとなりに真新《まあたら》しい木札《きふだ》がはられていた。

どういうことだろう? 誰《だれ》かのいたずらなのだろうか?

そこにはキレイな文字《もじ》で、こんな言葉《ことば》が記《しる》されていた。

〈マルも絶対《ぜったい》に泳《およ》ぐべからず!〉


(第《だい》2部《ぶ》「荒野《こうや》へ」完《かん》)

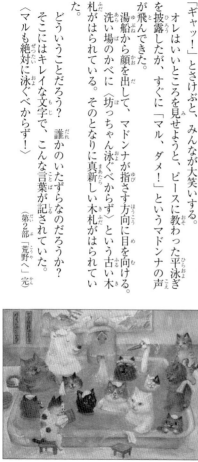

【第《だい》3部《ぶ》】

空《そら》よりもまだ青《あお》く

道後《どうご》の広場《ひろば》を出《で》てきたのは、夜《よ》も明《あ》けきらぬ午前六時《ごぜんろくじ》。オレがみんなに背中《せなか》を向《む》けたとき、道《どう》後温泉本館《ごおんせんほんかん》の最上階《さいじょうかい》に置《お》かれた刻太鼓《ときだいこ》が勇《いさ》ましく打《う》ち鳴《な》らされた。

数日前《すうじつまえ》に不安《ふあん》を抱《かか》えて行《い》った道《みち》を、オレは堂々《どうどう》と歩《ある》いていく。太陽《たいよう》のシルエットになった奥道《おくどう》後《ご》の山々《やまやま》が、目《め》を見張《みは》るほど美《うつく》しい。

家《いえ》のカーテンは閉《し》めきられていた。家族《かぞく》はまだ誰《だれ》も起《お》きていないようだ。仕方《しかた》なく芝《しば》の上《うえ》に丸《まる》まろうとしたそのとき、スリジエがひょっこり顔《かお》を出《だ》した。

窓《まど》をはさんで、オレとスリジエは向《む》かい合《あ》った。あんなににくたらしかった妹分《いもうとぶん》が、いまはこんなにも愛《いと》おしい。

オレはスリジエを見《み》つめ、心《こころ》の中《なか》で語《かた》りかける。

「オレは素晴《すば》らしい桜《さくら》を見《み》てきたよ。君《きみ》の名前《なまえ》の由来《ゆらい》の木《き》。その話《はなし》をしたいんだ」

先《さき》に体《からだ》をゆらしたのはスリジエの方《ほう》だった。

スリジエは表情《ひょうじょう》を変《か》えず、とことこと部屋《へや》の奥《おく》に消《き》えていく。

ムリもない。オレは決《けっ》して優《やさ》しいとは言《い》えなかった。もしまた一緒《いっしょ》に暮《く》らすことができるなら、今度《こんど》こそ大切《たいせつ》にしてやろう――。

そんなことを思《おも》った矢先《やさき》、家《いえ》の中《なか》からドタドタと足音《あしおと》が聞《き》こえてきた。緊張《きんちょう》するひまもなく、カーテンが一気《いっき》に開《あ》けられる。

アンナはもう泣《な》いていた。大《おお》つぶの涙《なみだ》をほおにこぼし、「マルーっ！」という声《こえ》を上《あ》げる。

窓《まど》を開《あ》けると、アンナは強《つよ》くオレを抱《だ》きしめた。クールな再会《さいかい》を思《おも》い描《えが》いていたはずなのに、アンナに押《お》しつぶされてオレの顔《かお》はぺちゃんこだ。

起《お》きてきたママとパパに、アンナがくしゅくしゅ鼻《はな》を鳴《な》らしながらまくし立《た》てる。

「マル、大冒険《だいぼうけん》してきたって！　アンナにはわかる！」

「大冒険《だいぼうけん》？　そのわりにはずいぶんピカピカじゃないか」と、パパが失礼《しつれい》なことを言《い》う。

「まったくやせてないしさ。どうせそのへんの草《くさ》むらでゴロゴロ寝《ね》ていたんだろう？」

シャ――――!!!

怒《おこ》ったオレを、アンナがさらに抱《だ》きしめてくれた。ママもアンナと泣《な》いている。

オレは居心地《いごこち》の悪《わる》そうなスリジエに目《め》を向《む》けた。アンナにはやっぱりオレの思《おも》いが伝《つた》わるらしい。

「スリジエもおいで」と言《い》って、逆《ぎゃく》の腕《うで》で抱《だ》きかかえる。

アンナの右《みぎ》のほっぺでオレが、左《ひだり》のほっぺでスリジエが、ずっとスリスリされていた。

吾輩《わがはい》も〝ネコ〟である。

名前《なまえ》は、マル。

勇《ゆう》かんなネコとして知《し》られ、愛媛県内《えひめけんない》を旅《たび》した歴史上初《れきしじょうはつ》のオスネコとして有名《ゆうめい》だ。

平穏《へいおん》な毎日《まいにち》がどれほど尊《とうと》いか。あの旅《たび》を経験《けいけん》したオレは知《し》っているが、それを差《さ》し引《ひ》いてもなお、日常《にちじょう》はあまりにも平凡《へいぼん》だ。窓《まど》から庭《にわ》の草木《くさき》をながめていたりすると、旅《たび》への欲求《よっきゅう》が自然《しぜん》とわく。

もしまた冒険《ぼうけん》にくり出《だ》すとしたら、オレはどこに行《い》くだろう。

愛媛《えひめ》のある〝四国《しこく》〟？　旅《たび》の途中《とちゅう》で会《あ》ったお遍路《へんろ》さんたちは、みんなすがすがしい顔《かお》をしていた。

それとも四国《しこく》より大《おお》きい〝日本《にほん》〟？　愛媛《えひめ》の海《うみ》が本当《ほんとう》に日本一《にほんいち》美《うつく》しいのか、オレはこの目《め》でたしかめたい。

その日本《にほん》よりさらに大《おお》きな〝世界《せかい》〟というところもあるらしい。そうなるともう想像《そうぞう》もできないけれど、なんでもそこには〝１００万回生《まんかいい》きたねこ〟や〝長靴《ながぐつ》をはいた猫《ねこ》〟なんかがいるそうだ。いったいどんなネコなのか。いつか見《み》に行《い》こうと思《おも》っている。

あの旅《たび》の日々《ひび》から季節《きせつ》も移《うつ》り、夏《なつ》がもう目《め》の前《まえ》に迫《せま》っている。

家族《かぞく》との仲《なか》も変《か》わりない。家《いえ》に戻《もど》ってしばらくはみんなチヤホヤしていたが、パパは酒《さけ》によって頭《あたま》をワシャワシャしてくるし、ママもカリカリのダイエットフードしか与《あた》えてくれない。

「マルの健康《けんこう》が心配《しんぱい》なの。ガマンしてね」

それでもオレにはアンナという友《とも》だちがいる。アンナはいまでも寝《ね》る前《まえ》にオレを呼《よ》んで、「冒《ぼう》険《けん》のお話《はなし》を聞《き》かせてよ」と言《い》ってくる。そしてオレの口《くち》にする「ニャーニャーニャー」といった話《はなし》に、必《かなら》ず瞳《ひとみ》を輝《かがや》かせる。

「すごい！　カッコいいね。マルってホントにクールだね！」

そんなアンナのおかげで、オレはスリジエの例《れい》のいたずらにもたえられた。だけど……。

最近《さいきん》のスリジエのはいくらなんでも目《め》に余《あま》る。あいかわらず家族《かぞく》の目《め》をぬすんでは、オレにちょっかいを出《だ》してくる。

そして、ムシムシと暑《あつ》い日《ひ》のことだった。あまりの暑《あつ》さにイライラして、オレは理性《りせい》を失《うしな》った。いつものように首《くび》ねっこにかみつかれ、気《き》づけば、オレはスリジエを組《く》みふせていた。

そこでようやく我《われ》に返《かえ》った。あぶない、あぶない。旅《たび》の最《さい》後《ご》にちかったはずだ。スリジエを笑顔《えがお》で許《ゆる》してあげる。それが男《おとこ》というものだ。

……なんてことを思《おも》っていたら、遠《とお》くからアンナの声《こえ》が飛《と》んできた。

「コラ！　デブ猫《ねこ》！　どうしてスリちゃんをいじめるの！」

誰《だれ》が呼《よ》んだか、オレは「かなしきデブ猫《ねこ》ちゃん」。海《うみ》の向《む》こうじゃ、「サッド・ファット・キャット」。そこんとこよろしく――！

心《こころ》でクールに決《き》めながら、オレは高《たか》らかにほえていた。

「ニャ――――ン！」

（第《だい》3部《ぶ》「空《そら》よりもまだ青《あお》く」完《かん》）

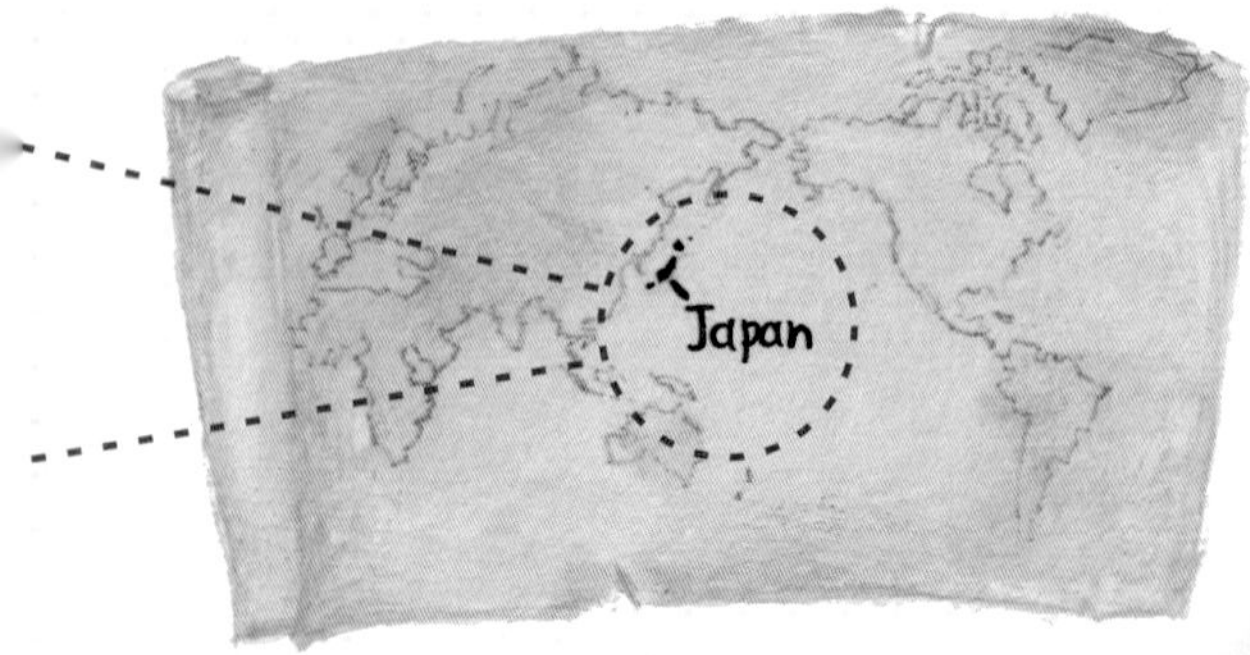

デブ猫ちゃん
冒険マップ

世界から愛媛人。。。

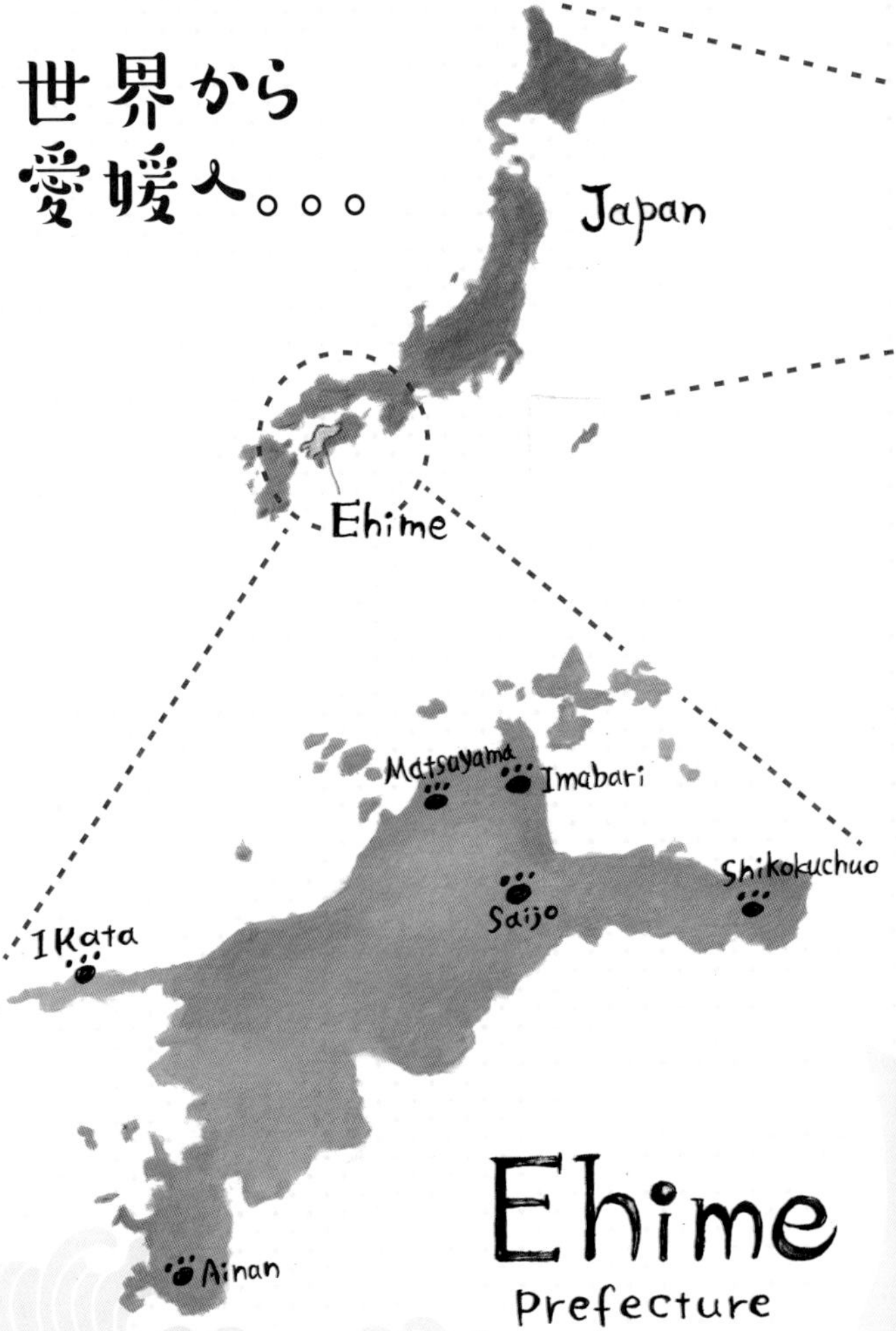

Japan
Ehime
Matsuyama
Imabari
Shikokuchuo
Saijo
IKata
Ainan
Ehime
Prefecture

デブ猫ちゃん冒険マップ

❶ 今《いま》治《ばり》市《し》

〈しまなみ海道《かいどう》〉を舞台《ぶたい》にサイクリングで盛《も》り上《あ》がる、タオルと造船《ぞうせん》の町《まち》だ。焼《や》き鳥《とり》もおいしいらしいけど、オレはまだ食《た》べていない。

❷ 四《し》国《こく》中《ちゅう》央《おう》市《し》

カタマに乗《の》ったオレが初《はじ》めて降《お》り立《た》った、紙《かみ》の生産《せいさん》で有名《ゆうめい》な町《まち》。高台《たかだい》にある〈三島公園《みしまこうえん》〉は映画《えいが》のロケ地《ち》になるほど見晴《みは》らしのいい場所《ばしょ》なんだぜ。

❸ 西《さい》条《じょう》市《し》（旧《きゅう》東《とう》予《よ》市《し》）

西日本《にしにほん》で一番高《いちばんたか》い〈石鎚山《いしづちさん》〉のふもとに広《ひろ》がっているゾ。夕焼《ゆうや》けに染《そ》まった田園風景《でんえんふうけい》の美《うつく》しさは忘《わす》れられない。〈水《みず》の都《みやこ》〉とも呼《よ》ばれているナ。

❹ 松《まつ》山《やま》市《し》

オレとアンナが暮《く》らす、〈道後温泉《どうごおんせん》〉がある愛媛《えひめ》の県庁所在地《けんちょうしょざいち》。〈銀天街《ぎんてんがい》〉や〈大街道《おおかいどう》〉はいつもにぎわってる。いつか〈坊《ぼ》っちゃんスタジアム〉で野球《やきゅう》の試合《しあい》も見《み》てみたいナ。

❺ 砥《と》部《べ》町《ちょう》

松山《まつやま》のとなり町《まち》で、焼《や》き物《もの》で知《し》られている。〈とべ動物園《どうぶつえん》〉にはピース以外《いがい》にも人気者《にんきもの》がたくさん。オレも負《ま》けてられないニャー！

❻ 内《うち》子《こ》町《ちょう》

江戸時代《えどじだい》からの古《ふる》い町並《まちな》みが残《のこ》っている。ジャックと会《あ》った〈内子座《うちこざ》〉、マドンナに告白《こくはく》した〈尾首《おくび》の池《いけ》〉は、最高《さいこう》にオススメだ！

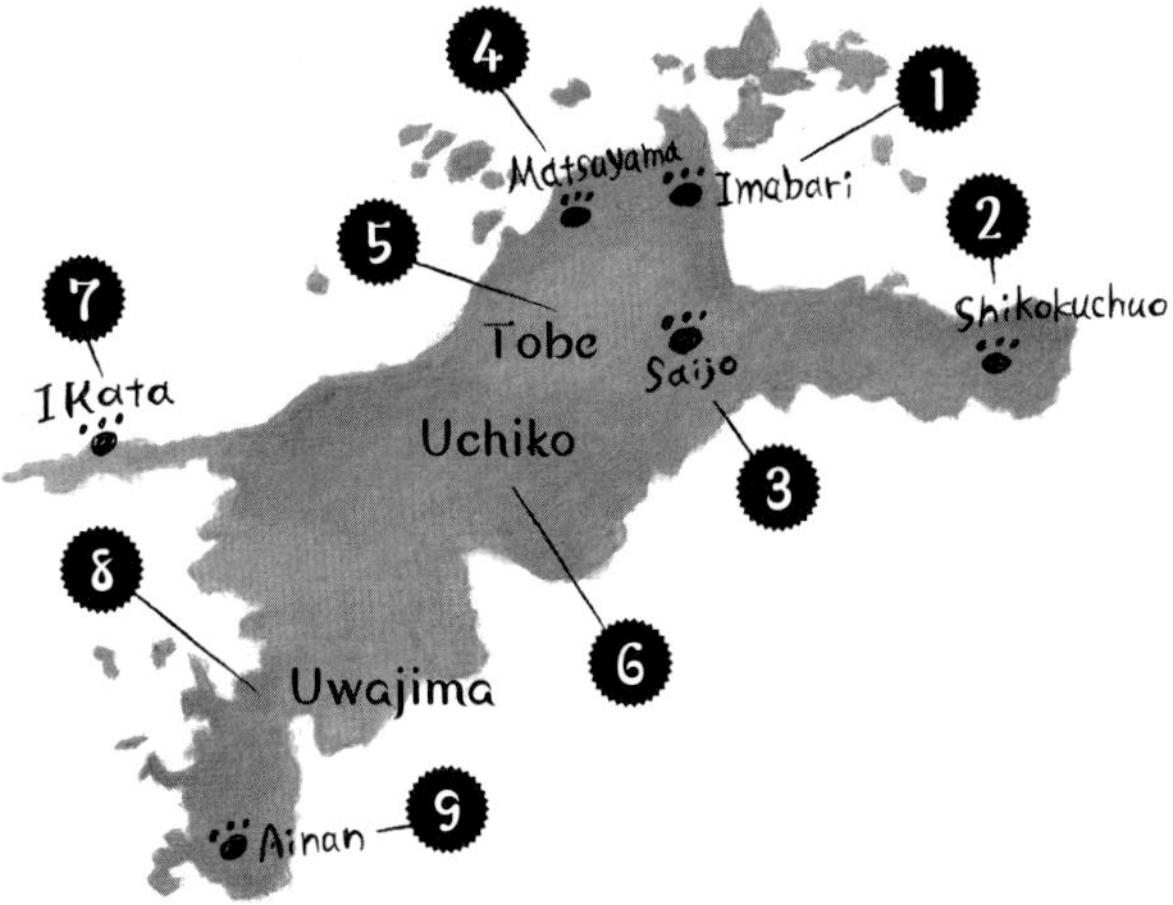

❼ 伊《い》方《かた》町《ちょう》

四国《しこく》の西《にし》のはし。日本《にほん》で一番細長《いちばんほそなが》い〈佐田岬《さだみさき》〉があるぞ。車《くるま》で通《とお》ると音楽《おんがく》が聞《き》こえる〈メロディーライン〉や〈伊方原子力 発電所《いかたげんしりょくはつでんしょ》〉があるのもここ。

❽ 宇《う》和《わ》島《じま》市《し》(旧吉田町《きゅうよしだちょう》)

やっぱりみかんとじゃこ天《てん》だよな。どっちも最高《さいこう》においしいぜ。念《ねん》のために言《い》っておくけど闘牛《とうぎゅう》場《じょう》は牛同士《うしどうし》が戦《たたか》うところだからなー。要《よう》チェックだぜ!

❾ 愛《あい》南《なん》町《ちょう》

名前《なまえ》のとおり愛媛《えひめ》の南《みなみ》! 外泊《そとどまり》の〈石垣《いしがき》の里《さと》〉だけじゃなく、見渡《みわた》す限《かぎ》り絶景《ぜっけい》だ。カツオ漁《りょう》が盛《さか》んで、とくに〈びやびやかつお〉は絶品《ぜっぴん》ナリ!

文・早見 和真【小説家】

1977年神奈川県生まれ。2008年、自らの経験を基に野球部を描いた『ひゃくはち』でデビュー。『イノセント・デイズ』で第68回日本推理作家協会賞、『ザ・ロイヤルファミリー』で2019年度JRA賞馬事文化賞と第33回山本周五郎賞を受賞。2016年から松山市在住。

絵・かのう かりん【絵本作家】

1983年愛媛県今治市生まれ。動物や自然などをテーマに絵を描く。『いろんなおめん』で第6回フジテレビBe絵本大賞入賞。著書に『おやすみ おやすみ みんな おやすみ』など。

S 集英社文庫

かなしきデブ猫《ねこ》ちゃん

2021年3月25日　第1刷
2021年11月30日　第6刷

定価はカバーに表示してあります。

文　早見和真《はやみかずまさ》

絵　かのうかりん

発行者　徳永　真

発行所　株式会社 集英社
東京都千代田区一ツ橋2-5-10　〒101-8050
電話【編集部】03-3230-6095
【読者係】03-3230-6080
【販売部】03-3230-6393(書店専用)

印　刷　大日本印刷株式会社

製　本　大日本印刷株式会社

フォーマットデザイン　アリヤマデザインストア　マークデザイン　居山浩二

ISBN978-4-08-744219-9 C0193